나 자신을 누구보다 사랑할 수 있기를

_____ 에게

조금 우울하지만,
보통 사람입니다

조금 우울하지만,
보통 사람입니다

이수연 에세이

우리는 모두
조금 불안한 보통 사람입니다

사실 책을 내기까지 많은 고민을 했습니다. 이런 개인적인 이야기를 얼마나 밝혀야 하나, 어디까지 보여야 하나. 고민 끝에 책을 내기로 결심한 건 저처럼 힘들어하는 사람들에게 조금이나마 힘이 되고 싶었기 때문입니다.

저는 오랜 시간을 병원에 있었습니다. 아픈 저 때문에 가족들은 모두 힘들어했습니다. 제가 주변 사람들을 불행하게 만드는 것 같아 죄책감에 휩싸이기도 했습니다. 그 마음은 다시 제게 우울로 다가왔습니다.

제가 병원에 입원했을 때 어머니가 말씀하셨습니다.

"너를 이해하고 싶어서 우울증에 관한 글을 찾아봤는데, 어떤 것도 너를 말해주는 책은 없더라."

그 말에서 저는 책을 낼 용기를 얻었습니다.

병원에 있으면서 저처럼 아픈 사람이 또 있다는 사실을 알았습니다. 평범한 사람들은 들어올 엄두도 못 내는 고립된 공간에서 저와 같은 사람들이 하루하루 죽을 힘을 다해 살아내고 있었죠. 그건 당연하지만 값진 경험이었습니다.

사람들은 제게 살아가라고 말했습니다. 그래서 저는 살아야 했습니다. 제 아픔이 어느 정도인지, 어디까지인지는 중요하지 않았습니다. 누군가 내가 살아가길 바라니, 그저 살아서 보답하는 수밖에 없었습니다.

저에게는 저를 사랑해주는 사람들이 있습니다. 그들은 늘 같은 자리에서 저를 응원해주고 지켜봐줍니다. 그들에게 감사하고, 감사합니다. 저에게는 사랑하는 일도 있습니다. 그런 제가 죽고 싶다고 느끼는 게 이상할지도 모릅니다. 저도 이런 제가 이상하고, 낯서니까요.

글을 쓰는 일이 때로는 버거웠습니다. 잊고 싶은 과거를 떠올리면서 몸부림치기도 하고, 우울에 빠지기도 했습니다. 무거운 짐을 이고 오르막길을 오르는 듯한 느낌을 받았습니다. 아픈 과거가 평생 저를 놓아주지 않을 것만 같았습니다. 그래도 일기의 끝은 삶을 이야기하며 끝납니다. 어쨌든 저는 아직 살아 있고, 앞으로도 어쩌면 오랜 시간을 살아갈 테니까요.

사실 저는 지금도 아픕니다. 거짓말처럼 나아서 희망을 얘기하면 좋겠지만, 지금도 아픈 시간을 보내며 하루의 경계를 넘나들고 있습니다. 그런 제가 쓴 글은 희망과는 거리가 멀 수도 있습니다. 하지만 이런 제 글을 보면서도 분명 공감하는 사람이 있을 거라 생각합니다. 저는 그런 사람들에게 말하고 싶습니다. 행복하지 않아도 살아갈 가치는 있다고.

마음이 아픈 사람에게는 혼자가 아니라는 위로를, 아픈 사람을 주변에 둔 사람에게는 넓은 이해를 줄 수 있는 글이었으면 좋겠습니다. 그리고 저처럼 아픈 사람을 만난다면 미안하다 말하고 싶습니다. 더 힘이 되지 못해서, 함께하지 못해서 미안하다고요. 이 책이 그들의 아픔을 나눌 수 있기를 바랍니다.

감사합니다.

수연

목차

들어가는 글
–
p. 5

우리는 모두
조금 불안한
보통 사람입니다

제1장
–
p. 10

나는
오랫동안
아파왔습니다

제2장
–
p. 58

때론 나도
나를 이해하기
힘들 때가 있어요

제3장   그래도 나를
–   포기하고 싶지는
p. 112   않아요

제4장   이런 사람도
–   행복할 수 있는
p. 192   자격이 있을까요

제5장   나아가지 못해도
–   살아갈 이유는
p. 238   있습니다

띄우는 편지   *298*
돌아온 편지   *300*

나는
오랫동안
아파왔습니다

나는 항상 일기장 하나를 거꾸로 꽂아놓는다. 누군가가 봤을 때 눈치챌 수 있기 위함이다. 그만큼 드러나지 말아야 할 것들이 이 일기 안에 담겨 있다. 누구도 알지 않았으면 하는 내가.

나는 긴 시간을 우울 속에서 살아왔다. 이유를 찾을 수 없을 정도로. 어쩌면 나는 그저 살아갈 에너지가 떨어져버린 사람이지 않을까. 우울해해야 하는 사람, 불안해해야 하는 사람, 그 속에서 마지막만을 바라보며 사는 사람.

떠나야 할 때가 되면 먼저 알게 될 거라고 생각했다. 그리고 '그때'는 아주 가까운 곳에 있다. 불안하기보다는 차분히 정리된 느낌. 차라리 그 느낌에 가깝다.

미국의 초현실주의 화가이자 시인인 케이 세이지(Kay

Sage)는 먼저 죽은 남편이 팔십 세가 되던 기념일 날, 자신의 심장에 권총을 대고 쏘았다. 그녀는 "나의 정신은 산산이 조각나기엔 너무나 멀쩡했지만, 나의 마음은 병을 앓고 있었다."라는 유언을 남겼다. 나 또한 정신은 멀쩡하지만, 마음은 공허함으로 가득하다.

나는 오늘 행복하지 않은 나를 조금 받아들였다.

8. 12. SAT

　오늘 밤에는 유성우가 내린다고 했다. 늦게까지 창문을 열고 하늘을 쳐다보았다. 하지만 내 눈에 유성우는 보이지 않았다. 그렇다면 유성우는 존재하는 것일까? 존재하지 않은 것일까?

　나는 보지 못했지만, 누군가는 분명 하늘에서 떨어지는 아름다운 유성우를 보았을 것이다. 다만 내가 보지 못했을 뿐이다. 내가 보지 못했다고 해서 존재 자체를 부정하는 건 옳지 않다. 나 역시 그렇다. 지금 내 곁에는 아무도 없지만, 나는 분명 숨을 쉬며 존재하고 있다. 분명 어딘가에는 내가 존재했다는 흔적도 있을 것이다. 설령 흔적이 없다 해도 나의 존재는 변하지 않는다.

　어제의 생각을 마무리하고 앞으로 정리해야 할 일들을

떠올렸다. 먼저 읽기 위해 사놓은 책을 모두 읽고 싶다. 진행 중인 일을 무사히 마무리하고, 주치의 선생님과 좀 더 많은 대화를 나누고 싶다. 주치의 선생님과 면담하는 시간은 내가 타인과 만나는 유일한 시간이기도 하다.

지금 내가 하는 일은 뿌린 씨앗을 걷어내는 일일까, 열매를 다 따고 남은 나무를 바라보는 일일까. 더 넓은 생각을 하고 싶다. 그 넓은 생각 중 날 살아가게 할 생각도 있을까, 아니면 죽어야 할 이유만이 가득할까. 난 아직 열매를 따고 있다. 혹은 몇 개 남지 않은 씨앗의 수를 세고 있다.

어느 쪽이든 얼마 남지 않았다.

오늘은 병원에 가는 날이었다. 그 전에, 남편의 친구가
죽었다. 자살이었다. 나는 해줄 수 있는 말이 없어 더 자라
는 말만 남기고 밖으로 나왔다. 말 사이로 나의 차가움이
새어 나올까 봐 무서웠다.

내가 일을 마치고 집에 왔을 때 남편의 양복 덮개는 열
려 있었고, 신발장에는 평소 신던 신발 대신 구두가 사라져
있었다. 내가 아무 말 하지 않았듯, 내게 아무 말 하지 않은
남편의 슬픔이 집에 스며들어 있었다.

"부산에 가야 할 것 같아."

아침에 대뜸 부산에 가야겠다는 남편의 말에 나는 바로
누군가의 죽음을 알 수 있었다. 누군가의 죽음을 알게 되는
것은 그런 말 한마디, 문자 하나, 전화 한 통이다. 평소와 같

은 하루가 이어질 거라 생각되던 어느 날, 죽음은 갑작스레 다가와 하루를, 혹은 그 이상의 나날을 슬픔으로 만들어버린다.

물론 같이 살거나 매일 보는 사람, 또는 가족이 아닌 이상 우리는 금방 일상으로 돌아온다. 아이가 태어나면 주변 사람들은 일상의 변화를 당연하게 받아들이지만, 누군가 죽으면 사람들은 '일상'으로 돌아가려고 무던 애를 쓴다.

'나의 죽음도 그렇게 가치 없는 일이라면 얼마나 좋을까. 내가 죽으면 남편은 그 양복에 구두를 신고 이 집을 떠나 장례식장에 가겠지.'

나는 그 죽음을 떠올리며 생각했다. 혼자 남겨진 이 집은 마치 나의 죽음, 그 후의 시간을 보는 것 같았다.

내 장례식장을 찾은 사람들은 자기 잘못이 아닌데도 미안한 표정을 지으며 술에 취할 것이다. 어떤 이는 구슬픈 눈물을 흘리기도 할 것이다. 하지만 이 모든 것은 시간이 지나면 잠잠해질 것이다.

우리는 그 사실을 알면서도 오늘을 슬퍼한다. 그런 게 순리인 걸까. 죽음이란, 안타깝지만 뜻밖에 쉽게 받아들여지는 것이 아닐까.

죽음은 뜻밖에, 정말 뜻밖에 아프지 않은 일일지도 모르 겠다는 생각이 들었다.

오늘 주치의 선생님은 내가 마지막 환자라며 오랜만에 편하게 이야기하자고 했다. 나는 그간 생각해온 이야기를 하나씩 꺼냈다.

"저는 학교 도덕 시간에 인간의 최종 목적은 행복이라고 배웠어요. 그렇게 믿고 행복해지기 위해 살아왔고요. 그런 데 어쩌면 행복 다음이 있지 않을까요. 삶의 정리와 회고라 는 단계 말이에요. 저는 지금 행복을 지나 삶의 회고에 있 는 것 같아요. 삶의 회고가 인생의 마지막 단계라면, 그 속 에서 내가 죽고 싶어 하는 것도 당연한 일이겠죠."

내 말을 들은 주치의 선생님이 말했다.

"그렇지만 회고하며 행복할 수 있지 않나요? 자신을 있 는 그대로 받아들여주는 남편이 있다는 사실도 행복일 수 있고요."

"물론 그 일은 항상 감사하게 생각하고 있어요. 행복이 멀리 있지 않다는 사실도 알아요. 오늘 하루 좋아하는 아이 스크림을 먹으며 '이런 게 행복이지' 하고 느낄 수 있다고 생각해요. 하지만 그걸 알고 있으면서도 행복이 느껴지지 않아요. 마음으로 느껴지는 행복이요."

주치의 선생님은 잠시 생각에 빠졌다.

"그렇다면 남편분과의 사이는 어떻게 생각하시나요?"

"남편을 사랑하는 마음보다는 남편이 나에게 주는 사랑과 존중을 더 소중하게 생각하고 있어요."

"서로 바꾸려 들지 않고 존중하는 것은 이상적인 관계죠. 어쩌면 저는 이수연 씨를 바꾸려는 사람인지도 모르겠네요. 매번 살아가라고 이야기하고 있으니까요. 그런데 이수연 씨를 보면 남편을 사랑하는 마음을 일부러 지우려 하는 것처럼 보이기도 해요."

주치의 선생님의 말씀이 마음에 와닿았다.

"더 가까워지면 안 되겠다고 생각했어요. 이런 내가 누군가와 가까워지는 것은 상처를 주는 행동으로 생각되어 새로운 사람도 만나려 하지 않고 있어요. 내가 죽는다면 그 사람에게 상처가 될 테니까요."

"그렇다면 저는 이미 '알던 사람'이 된 셈이로군요."

주치의 선생님이 웃으며 말했다.

"그래도 저는 지금 주치의 선생님과 떨어져 앉아 있는

일 미터 남짓한 이 거리가 좋아요. 서로 보호해주는 거리잖아요."

사실 이 말은 나 자신에게 충고하는 말이었다.

나를 아는 모든 사람이 나로부터 어느 정도 거리를 두면 조금이라도 아픔을 덜 수 있을 테니까. 나는 죽고 싶고, 결국 그렇게 행동할 테니까. 오늘 남편이 받은 상처를 누군가에게 되풀이하고 싶지는 않으니까.

8. 19. SAT

몸이 좋지 않아 약국에서 약을 받았다. 가래에선 피가 나왔고, 귀는 먹먹해졌으며, 눈앞이 흐려져 책을 읽기가 힘들 정도였다. 그 와중에도 죽음에 대한 생각은 끊이지 않았다. 아픈 몸을 뉘면서 죽는 방법에 대한 글을 찾아보았다.

수많은 자살 방법과 살아남은 사람들. 아프게 죽는 것이 무서워 고통을 줄일 수 있는 방법을 찾는 사람들. 나 역시 그들 중 하나였다. 그러다 문득, 귀를 처음 뚫었을 때가 생각이 났다.

찰칵!

귀가 뚫렸다. 아주 짧은 시간이었다. 당시에는 그저 얼얼하기만 했다. 아픔은 다음 날의 몫이었다. 다음 날이 없었다면 그 아픔도 없었을 것이다.

죽음은 누구도 피해 갈 수 없는 섭리다. 우리는 그 사실을 알면서도 그 고통을 두려워한다. 그렇다면 고통도 자연의 섭리이지 않을까. 늙어 죽든, 암으로, 사고로 죽든 고통 없는 죽음이 얼마나 될까. 오히려 기나긴 고통 속에서 죽지도 못하며 살아가는 게 더 괴롭지 않을까.

우리나라는 적극적 안락사가 금지되어 있어서, 불가피한 상황에 이르지 않는 이상 당사자의 고통과 의사는 무시한 채 '살아가기'만이 강요된다. 고통 속에서 눈만 깜박이는 사람에게 '삶은 행복이다'라고 말할 수 있을까. 그 행복은 누굴 위한 행복인가.

고통의 크기를 선택할 수 있는 일은 자살뿐이다. 귀를 뚫었을 때처럼 '찰칵' 하는 소리에 모두 끝날 수 있다. 내게 총이 있다면 나는 그때처럼 방아쇠를 당길 것이다. 하지만 누구도 내게 총을 쥐여주지는 않겠지.

이런 마음을 극복하기 위해 자기계발서 같은 책들도 많이 읽었다.

'자신이 하고 싶은 일을 하라!'

'쉬어라!'

'도전하라!'

교과서 같은 말들이 누군가에겐 힘이 되겠지만, 나에겐 그렇지 않았다. 그런 글들은 모두 '미래'가 이어진다는 사실을 전제로 둔다. 그러나 내겐 그 미래가 없다.

누군가는 자살이 충동적인 일이며 나아질 수 있다고 말한다. 그런데 나는 충동적이지 않고, 자신을 무조건 비난하지도 않는다. 그저 지쳤을 뿐이다.

'이제 그만해도 괜찮아. 그만하자.'

내가 가장 원하는 말이다. 누구도 내게 이렇게 말해주지 않지만. 사람들은 내게 살아가라 말한다. 그래서 나는 내게 말한다. 이제 그만해도 괜찮다고. 끝내도 좋다고.

8. 20. SUN

남편이 부산에 갔다. 귀가 여전히 멍하고, 목과 머리도 아팠다. 하지만 참을 만했다. 덕분에 오늘 일은 무사히 끝낼 수 있었다.

아무 이유 없이 감정들이 쏟아져 내릴 때가 있다. 오늘은 조금 그런 날이었다. 외로움을 크게 느낀 적이 없는데 문득 외롭다는 생각이 들었다. 이유 모를 아픔에 마음이 시렸다. 몸이 안 좋아서 마음도 약해진 걸까.

혼자 방 안에 남겨져 있으니 다시 보고 싶지 않은 내 모습이 찾아왔다. '나 같은 건 죽어야 해' 같은 게 아니다. 어린아이가 장난감을 가지고 놀다 싫증을 내듯 '이제 그만할까' 하는 생각에 가깝다. 하지만 내겐 해야 하는 일과 주치의 선생님과의 약속이 있었다. 죽기 전에 한 번만 먼저 말해달라는 오래된 약속이.

지난 입원도 이 약속으로부터 시작됐다. 주치의 선생님을 뵌 지 얼마 되지 않은 때였다. 나는 심한 공황장애와 우울증, 식이장애에 시달리고 있었다. 하루하루가 지옥 같았다. 정말이지 죽지 않으면 모든 게 끝나지 않을 것만 같았다. 그런 나의 마음을 조금 내비친 날, 주치의 선생님은 행동을 하기 전에 마지막으로 자신과 한 번 이야기하자고 하셨다.

벌써 일 년 전의 일이다. 나는 모든 것을 끝내기 위해 남편을 시댁이 있는 부산으로 보냈다. 그리고 방이 하나뿐인 작은 집에서 불을 모두 끄고, 매듭을 묶고 그 앞에 앉았다. 많은 것이 떠오르진 않았다. 다만 이 고통을 끝내고 싶을 뿐. 그때 주치의 선생님과의 약속이 떠올랐다. 그 약속이 뭐라고. 어차피 죽을 거 어겨도 되는데 나는 그러지 않았다. 정신과 치료를 시작한 지 얼마 되지 않은 때여서, 어쩌면 나을 수 있을 거란 작은 기대를 품었는지도 모르겠다. 그렇게 다음 날, 약속을 지킨 나는 정신병원에 입원해 반년을 보냈다.

이번에도 그 약속이 떠올랐다. 반년의 시간을 병원에서 보내고 퇴원하면서 주치의 선생님과 다시 한 번 나눈 약속.

어쩌면 살고 싶다는 내 마음이 그렇게 표현된 건지도 모르겠다. 나는 누군가에게 힘들다고 말하는 성격이 아니다. 웃음과 괜찮다는 말이 입에 붙은 사람이었다. 그런 내가 솔직하게 말할 수 있는 유일한 사람이 주치의 선생님이었다.

주치의 선생님을 제외하면 내가 죽고 싶어 한다는 사실을 아무도 알지 못한다. 내가 입원했을 때에도 주변에선 의아해했다. 멀쩡히 지내다가 갑자기 정신병원에, 그것도 반년씩이나 입원을 했으니 말이다. 남편도 내가 그런 생각을 한 것까지는 몰랐다. 그저 공황장애와 식이장애가 있다는 사실을 아는 정도였다. 그랬기에 이번에도 의심 없이 혼자 부산으로 향할 수 있었을 것이다.

아무튼, 나는 작은 약속 하나에 오늘을 흘려보내기로 정했다. 결국, 내겐 내일이 생겼다. 내일 나는 아무 일 없었다는 듯이 내게 주어진 일을 할 것이다.

나는 오늘, 내일을 선택했다.

뉴스에 자살한 유명 탤런트의 딸 기사가 나왔다. 우울증에 시달리며, 인터넷에 죽음을 암시하는 듯한 글을 올렸다는 내용이었다. 하지만 나는 그 기사보다도 기사에 달린 댓글을 보며 마음이 아팠다. 정말 상상하기 어려울 정도로 원색적인 비난의 글이었다.

'자기가 얼마나 오래 살아봤다고 그래?'

그 아이가 보낸 '얼마나'의 시간은 아픔 그 자체였을 것이다. 하지만 사람들은 자신이 던진 작은 말에 누군가가 죽어간다는 사실을 모르는 것 같다. 말에도 무게가 있다는 사실을.

죽어버렸으면 좋겠다는 말이 얼마나 마음 아픈 말인지 나는 알고 있다. 물론 아픔의 크기는 저마다 다르다. 같은 상황에서도 누군가는 더 아플 수 있고, 누군가는 덜 아플 수 있다. 나는 항상 더 아픈 쪽이었다.

어릴 때부터 몸이 자주 아팠다. 아픈 날엔 늘 혼자였고, 힘들다고 말하면 '뭐가 힘드냐' 핀잔을 들었다. 부모님의 자리는 늘 공석이었다. 그래서 나는 가족을 믿지 않았다.

어른이 된 지금은 가족을 이해한다. 당시엔 엄마도 어렸고, 아버지와 이혼하면서 심적으로 매우 힘들었을 것이다. 생계를 꾸려나가는 일도 오롯이 엄마의 몫이었을 테고. 그런 엄마를 용서하는 데 나는 십 년이 넘는 시간이 걸렸다. 무엇보다도 어른이 되어 바라본 부모님의 모습은 내가 생각했던 것과 달랐다. 부모님은 나처럼 약한 사람들이었다. 십 년은 그 사실을 받아들이는 데 필요한 시간이었다. 그리고 지금 내겐 가족이란 울타리가 있다.

너무 늦지 않았는지는 모르겠지만.

생각이 끊이지 않는다. 달라질 수 있는 것은 하나도 없는데, 생각을 멈추려 해도 멈춰지지 않는다.

'병신. 병신…….'

자꾸 떠오르는 생각을 어쩌지 못하는 나 자신에게 화가 나서 마음속으로 끝없이 욕을 한다.

드라마를 보다가 나온 성관계 장면에서 어찌할 바를 몰라 하며 화면을 가렸다. 들려오는 소리도 괴로웠다. 나는 고개를 피하며 보지 않으려 했다. 하지만 '나'로부터는 도망갈 수 없었다.

상담을 하기 전까지 나는 이 일을 마음속에 묻고 살아왔다.

'그럴 리가 없어, 아닐 거야.'

아무 일 아니었다고 믿고 입을 다문 채 살아왔다. 말하지 않으면 존재하지 않은 일이 될 것 같았다. 하지만 상담을 할수록 나의 상처는 적나라하게 드러났다. 입 밖으로 그 일을 이야기하는 순간 마음의 상처에 형태가 생겼다. 이제는 부정할 수도 없었다.

생각만 해도 몸이 떨린다. 몸이 썩어나가는 것 같다. 사지를 다 잘라버리고 싶다. 피가 모두 빠져나가면 깨끗해질 수 있을까. 찌를 수 없는 손목을 계속 바라보았다. 혼자였다면 그냥 찔러버렸을 것이다. 몸도 마음만큼 고통을 받으면 머릿속이 하얘지지 않을까.

그렇다. 나는, 나는…….

열여덟, 그리고 열아홉. 얼마나 어리고 바보 같았던 때인지. 그 일은 나를 한순간에 무너뜨렸다. 믿고 있던 사람에게 생각지도 못하게 당한 일이었다. 그는 내게 음악을 가르치던 선생님이었고, 내가 음악을 처음 시작할 때부터 함께 해온, 내겐 음악과도 같은 사람이었다.

그 일을 떠올리면 그 사람보다 나 자신이 미워진다. 살아오며 온 힘을 다해온 날들이 모두 잘못된 것처럼 느껴진다. 그렇지는 않을 텐데……. 의미 있는 시간이라 믿고 싶은데…….

음악을 하는 한 나는 이곳에서 벗어날 수 없을 것이다. 망각과 상기를 반복한다. 작업 프로그램 창을 띄우고 악기를 고를 때면 그때 그 자리에 앉아 있는 것만 같다. 그 후부터 음악은 내게 두 가지 의미로 다가왔다. 내가 좋아하고 원하는 직업으로서의 음악, 가장 괴로웠던 과거를 떠올리게 하는 음악.

나는 과연 도망갈 수 있을까. 아마 나는 그때처럼 아무 저항도 못하고 모든 걸 놓아버릴 것이다. 끝없는 포기로 이루어진 삶. 나의 하루다.

오늘은 병원에 다녀왔다. 예약 시간보다 늦게 온 사람을 제외하고는 여전히 내가 마지막 순서였다. 주치의 선생님은 평소와 같은 모습으로 나를 맞이했다. 점심시간이 훌쩍 지났는데도 한 분 한 분 신경 쓰며 봐주시는 모습이 인상적이었다.

나는 남편 이야기로 상담을 시작했다. 얼마 전, 남편 친구가 자살했던 것과 아무 말 하지 못한 나, 그리고 남편이 다시 행복하게 웃었으면 하는 마음을 전했다.

"이렇게 남편을 사랑하는데 저는 왜 사랑하지 않는다고 말해왔을까요? 미안한 마음이 너무 커서 그랬던 걸까요?"

내 말에 주치의 선생님이 물었다.

"더 깊게 사랑하는 게 두려운 건 아니신가요?"

"사랑한다고 생각하는 순간 마음이 너무 아팠어요. 그래서 남편이 부산에 갔을 때, 죽으려고 생각했어요. 그런데 그때 입원하면 옥상을 보여주겠다고 하신 주치의 선생님의 약속이 떠올랐어요. 마지막으로 한 번만 말해달라는 약속도요. 지금 그 약속을 지키기 위해 온 거예요."

지난번 입원했을 때, 주치의 선생님은 언젠가 꼭 건물 옥상을 보여주겠다 약속하고 실제로 보여주었다. 그리고 나는 그 작은 약속을 지켜주신 주치의 선생님의 믿음에 보답하고 싶었다.

"그럼 이제 약속을 지킨 게 되는 건가요?"

"그렇죠."

"그럼 옥상을 한 번 더 보여드려야겠네요."

주치의 선생님은 잠시 뜸을 들인 뒤 말을 이었다.

"입원하시는 건 어떠세요?"

이번에 입원하면 두 번째다. 고민이 되지 않은 것은 아니나 내겐 해야 할 일이 남아 있었다.

"죄송해요. 계속 일을 해야 해서요. 그런데 제가 봐도 저는 요즘 살얼음판 위에 서 있는 것 같아요."

내 말에 주치의 선생님은 걱정스러운 표정을 지었다.

"저는 그걸 논 밖에서 지켜보는 기분이고요."

잠깐의 정적이 흐른 뒤 내가 다시 말했다.

"남편 지인분이 사업 때문에 빚을 지고 죽고 싶다고 생각했을 때, 그런 자신에게 놀라 병원을 찾았다는 말을 들었어요. 저는 그 말을 듣고 '보통은 죽고 싶다고 생각하지 않는 걸까?' 싶었어요. 저는 평소에 그렇게 생각하니까요."

"보통 자살 사고가 있거나 시도했던 사람에게는 자살을 계속 생각하는지 물어보는데, 이수연 씨에겐 의미 없는 질문 같아서 잘 하지 않죠."

"어차피 답은 모두 알고 있으니까요."

나는 웃으며 고개를 끄덕였다. 죽음이 뻔한 사람, 그게 나였다.

"일은 언제 끝나세요?"

"이번 달, 이십 일에요."

"그럼 그 다음 날 뵈면 되겠군요. 힘드시면 언제든지 오셔도 좋습니다. 응급실도 열려 있고요."

다음 외래 일정을 잡고 일어나려는 순간 주치의 선생님이 말했다.

"저는 이수연 씨에게 기본적인 믿음이 있어요."

일단 남은 일을 잘 마쳐야겠다. 그리고 다시 입원할지 말지를 정해야지. 어느 쪽이든 내겐 남은 일이 있다.

9. 1. FRI

일을 쉬어 늦게까지 잤다. 어제는 쉬이 잠들지 못했다. 잠이 들만 하면 가위에 눌리고 온갖 비명이 들려서 괴로웠다. 너무 힘들어 수없이 뒤척이다 남편 손을 꼭 잡았다. 무서울 때마다 그 손을 꼭 쥐었다. 새벽에 자면 사람이 이렇게 망가지는 걸까. 작년에도 그랬다. 불안함에 자는 남편까지 깨워 괴롭히곤 했다.

낮에는 오랜만에 엄마를 만났다. 함께 밥을 먹으며 이런저런 이야기를 나눴다.

"가끔 병원에 갈 때면 오빠를 만나곤 하는데, 요즘은 일이 바빠 그럴 시간이 없네."

"요즘도 병원에 다녀?"

엄마는 내가 병원에 다니는 게 의외라는 듯 말했다.

"계속 다니지. 입원할 수도 있어."

"무슨 입원이야. 그냥 편하게 긍정적으로 생각해. 마음도 좀 내려놓고. 감정은 이야기해야 나아져. 얘기도 좀 하고."

나는 고개를 떨구었다. 어떻게 나를 이해시켜야 할지 몰라 그저 눈을 피하며 말했다.

"나는 그 노력이 병원에 가는 일이야. 그런 것과는 조금 달라."

엄마는 천천히, 진심을 담아 내게 말했다.

"엄마가 미안해. 우리가 예전에 살기 힘들 때, 네 이야기를 들어주지 못하고 화만 낸 엄마가 미안해. 화목한 가정이었다면 너도 조금은 다르게 살았을 텐데."

"그래도 오빠가 있어서 괜찮았어. 오빠는 항상 내 편이었잖아."

"살아보려고…… 정말 살려고 이십 년을 일만 하며 살아왔어. 얻은 건 좀 더 안정적인 생활이었고. 그런데 그걸 제외하곤 모든 걸 잃은 것 같아. 그래서 엄마가 미안해."

엄마의 말이 가슴에 박혔다. 가난은 우리의 모든 것을

앗아갔다. 작은 여유도 일상도 모두.

"이제라도 여유가 생겨서 이렇게 지난날을 돌아보며 수연이랑 둘이 밥도 먹는 게 다행이야. 아직은 조금 어색하지만. 그런데 엄마도 그때 참 힘들었어. 너희 아빠랑 헤어졌을 때 매일 술만 마셨잖아. 몸무게도 십 킬로그램이나 빠지더라. 그런데 어느 순간 모든 걸 내려놓으니 마음이 편해지고 너희 아빠도 잘 지냈으면 싶어. 아빠 너무 미워하지 마."

이렇게 많은 사랑 속에서 죽으려 하는 나를 사람들은 이해하지 못할 것이다. 가족이 날 얼마나 사랑하는지, 남편이 날 얼마나 아끼는지, 친구들이 날 얼마나 생각하는지 나도 잘 알고 있다. 하고 싶었던 일을 하고 있고, 지금의 직업에 만족한다. 하지만 나는 우울하다. 사랑에 사랑으로 답하기엔 너무 부족한 존재다.

평범한 날을 가질수록 나는 점점 더 이해하기 힘든 사람이 되어 간다. 그래서 더 외롭고 슬프다. 나 홀로 행복 속에서 버려진 느낌이기에. 나도 진심으로 행복해지고 싶다. 그렇게 살고 싶다. 하지만 그럴 수 없는 나 자신에게 나는 등을 돌린다. 모두에게, 그리고 나에게.

일을 마치고 오래전 자주 가던 건물 옥상에 올라가 야경
을 바라보았다. 벽에 기대어 구름 낀 밤하늘도 보았다. 별
인지 인공위성인지 모를 밝은 빛 하나가 어둠을 가로질렀
다. 사람들은 손가락 한 마디 크기로 보이고, 네온사인들이
어둠 속에서 빛났다.

나는 건물 끝에 섰다. 아찔했다. 눈 아래 펼쳐진 풍경은
한 걸음만 더 다가오라 말하고 있었다. 스무 살, 처음으로
이 끝에 섰을 땐 뛰어내리고 싶다는 생각을 하지 않았다.
그런데 지금의 난 그 끝을 떠나지 못하고 서성이며 삶과
죽음 사이에서 줄타기하고 있다. 어렵게 밑으로 내려오며
생각했다.

　'오늘은 아니야.'

일을 마치면 혼자 유럽 여행을 떠나고 그 뒤에 바로 남편과 미국, 시카고 여행을 다녀오기로 했다. 모두 합치면 한 달 남짓한 시간이었다. 다른 사람들은 풍족한 인생을 즐기기 위해 여행을 떠나지만, 나는 후회 없을 마지막을 위해 떠난다. 마치 밀린 숙제를 하는 기분으로. '이만하면 됐어'라고 스스로 말할 수 있을 만큼.

여행을 떠나도 무언가 달라질 거라고 기대하진 않는다. 그저 아름다움을 마음에 담고, 이 외로움을 아름다움으로 채우고 싶다. 홀로 마무리될 인생이 외롭다는 생각이 들지 않도록 말이다.

야경을 보며 퇴근하던 길에 문득 예전 일 하나가 떠올랐다. 엄마와의 기억이었다. 이제 막 고등학생이 된 내가 말도 못할 정도로 울며 엄마에게 섭섭한 마음을 이야기했던 날, 돌아온 말은 오히려 큰 가시였다.

"그러면 내가 죽어야 날 용서할래?"

충격이었다. 죽고 싶은 사람은 난데. 내가 바란 건 위로이지, 엄마의 죽음이 아니었다. 그 뒤 내가 엄마와 떨어져 살기로 결정한 건 서로가 살기 위한 노력이었다. 멀어지는 게 모두를 위한 일이었다. 벌써 수년이 지났고 용서했다 생각했지만, 나는 여전히 그 기억 속에서 살고 있었다.

같이 일하는 피아니스트분이 언젠가 내게 이렇게 말했다.

"제가 연주하며 만들어낸 불필요한 음이 세상에 떠돈다고 생각하면 무서워서 연주를 할 수 없어요."

말도 그런 것일까. 세상에 남아 떠돌다가 어느 날 다시 돌아오는 것일까.

일하고, 여행하는 내 모습에 다른 사람들은 열심히 산다고 생각할지도 모르겠다. 사실은 모든 것을 비워내기 위함인데. 내가 처음 죽고 싶다고 생각한 지 십 년이 지났다. 그 십 년 동안 나는 온 힘을 다해 버텼다. 살기 위해 산 것이 아니라 죽기 위해 살았다. 십 년이 지난 지금도 난 여전하다. 그동안 써온 일기장과 작은 달력들이 말해준다. 너는 앞으로도 죽고 싶어 할 거라고. 변하지 않을 것이라고.

여행이 끝나면 병원에서 생각과 마음을 정리하고 싶다. 나의 끝은 어디일까. 모든 걸 이겨내고 흔히 '성공했다'는 사람이 될 수 있을까, 아니면 그저 이렇게 마무리되는 사람으로 남으려나.

타들어가는 행성이 빛을 발하듯 나도 나를 태워가며 빛

을 낸다. 나를 받아들여 마음이 편해진다면 그렇게 하고
싶다.

꿈을 꾸었다. 꿈속에서 엄마는 내게 화내며 나가고 싶으면 나가라고 소리쳤다. 엄마가 떠난 뒤 이모와 외할머니가 와서 내 짐을 정리하곤 다시 떠나갔다. 나는 바닥에 털썩 앉아 남은 짐을 바라보았다. 혼자 남았다고 생각한 순간, 누군가 내게 말을 걸었다.

"왜 그랬어?"

나는 대답했다.

"그냥."

다시 그 누군가가 내게 물었다.

"무서워하는 것 같던데?"

나는 또 대답했다.

"버려질까 봐 무서웠어."

그 말과 함께 나는 잠에서 깨어났다. 그리고 내가 그 대답들을 실제 입으로 말해버렸음을 깨달았다. 문제는 그 말을 옆에 있던 남편이 들었다는 사실이었다. 나는 계속 자는 체를 했다. 남편은 그런 내 손을 꼭 쥐었다. 눈을 감고 있었음에도 그가 슬퍼하는 걸 느낄 수 있었다.

'아아, 나는 잠든 순간까지도 이 사람을 아프게 하는구나.'

그 생각이 나를 다시 아프게 했다. 누구보다 그가 행복하길 바랐다. 내가 곁에 없다면 땅끝까지 떨어져버릴 사람이란 걸 알지만, 차마 함께할 용기가 나지 않았다. 지금 함께하는 시간만이라도 행복하게 해주고 싶은데, 나는 그러지 못했다.

느지막이 일어난 그에게 물었다.

"나 혹시 잠꼬대했어?"

"응."

"뭐라고?"

"너무 작게 말해서, 잘 못 들었어."

그는 분명 내 말을 들었는데 모른 체했다. 대신 내가 있어서 자기도 살아갈 수 있다고 말했다. 우리는 어째서 행복

속에서도 아픔을 느끼는 걸까.

창을 열고 자서인지 방 안에 가을 내가 가득했다. 죽음을 바라며 창밖을 바라보던 지난 날이 생각났다. 딱 이렇게 가을 내가 나던 어느 날의 오후였다. 내 마음과 상관없이 날은 너무나 맑았고, 나는 그 맑은 하늘을 한 번 더 보고 싶었다.

나는 술 한 잔에 약을 한 움큼 먹고 잠이 들 것이다. 꿈에서도 현실에서도 외로움과 아픔을 무의식적으로 짊어가며 괴로워하고, 그럼에도 숨을 이어갈 것이다. 언제까지 그럴 수 있을까.

내 숨의 길이는 어느 정도일까.

지금은 영국 런던이다. 여덟 시간과 또다시 여섯 시간 반의 비행 끝에 런던에 도착했다. 하늘은 높고 맑은 전형적인 가을 날씨였고, 주변 건물들은 낮고 낡고 아름다웠다.

출국하기 전, 주치의 선생님을 뵈었다. 오랜만에 만난 주치의 선생님은 내 얼굴을 보면서 천연한 표정으로 말했다.

"오늘 입원하기로 하셨죠?"

주치의 선생님은 전부터 일이 끝나면 입원하라고 오랫동안 권유해왔다. 그 말에 나는 내일부터 여행을 간다고 했다.

"누구와 가시나요?"

"혼자요."

일을 마치면 떠나려고 서유럽부터 동유럽까지 약 이 주

정도의 일정을 잡았다. 그리고 다시 며칠 뒤 남편과 떠날 여행 일정도 잡았다.

"혹시 그 여행에 어떤 의미가 있나요?"

"글쎄요."

마지막이라고 생각하고 떠나는 여행이었다. 하지만 나는 그 말을 하지 않았다.

"어쩌면 제가 이수연 씨에게 긍정적인 면만 보려고 하나 봐요."

그 말 때문이었을까. 내 말을 듣지 않는다고 느낀 것이. 분명 그동안 내가 한 말 중에는 희망이라고 부를 만한 게 하나도 없었는데.

"불안하신가요?"

내가 물었다.

"불안한 마음을 숨길 수 없는 건 사실이에요. 그런데 제 불안 속에서 이수연 씨가 편해하시는 것처럼 느껴지기도 해요."

"저도 제가 불안한데, 오죽하시겠어요."

나는 웃어 보이며 말했다. 그 누구에게도 보이고 싶지 않은 불안. 아마 주치의 선생님이 느낀 건 그 불안을 나눠

가짐으로써 얻는 내 안도감일지도 모른다.

"다녀와서 꼭 여행 이야기 들려주세요."

주치의 선생님은 내가 문을 열고 나가는 순간까지 내가 살아 있을 거라는 확인을 받으려 했다.

병원을 나서기 전 공황장애 약을 받았다. 작년 이 월, 나는 비행기 안에서 공황발작으로 쓰러졌다. 실신한 것이다. 그전에도 일 년에 몇 번은 공황발작으로 쓰러졌기에 가족들은 놀라지 않았다. 그 후 나는 비행기를 탈 때마다 공황장애 증상을 일으켰다.

이번 비행도 다르진 않았다. 아무리 용기를 내도 공황발작은 어김없이 왔다. 중간에 마신 붉은 포도주 한 잔이 시작이었다. 불안함에 숨이 막히고 머리가 멍해졌다. 나는 급하게 약을 한 알 먹었다. 시간이 지나도 불안은 가라앉지 않아 다시 두 번째 약을 삼켰다. 그렇게 십 분 정도 흘렀을까. 겨우 정신을 차렸다. 그나마 다행이었던 점은 쓰러지지 않았다는 것이다.

소리 없는 고통을 안은 채 영국에 도착했다. 혼자가 좋으면서도 아쉬웠다. 여행 내내 목에 줄이 걸린 것처럼 아슬

아슬한 기분이었다. 이 모든 계획을 마치고 나면 정말 죽는 일만 남을 것 같았다. 그 불안 속에서 아름다운 풍경을 보며 마음을 가다듬었다. 아름다움이 공허한 내 마음을 채우는 듯했다. 그러다 어느 순간, 그 아름다움도 의미를 잃었다. 더 이상 담아낼 마음의 공간이 없어서일까.

시차가 무겁다.

졸리다.

지금은 이탈리아에 있다.

오전에는 기차를 타고 스위스 융프라우에 다녀왔다. 자연 경관이 무척이나 아름다웠다. 그 높이에선 세상이 하얗고 평온했다. 기온이 낮고 바람도 칼 같았지만, 자연은 그마저도 말없이 품고 있었다. 아름다웠다. 올라가는 길도, 내려가는 길도.

이탈리아에 도착해서는 밀라노의 두오모를 봤다. 고딕 양식의 결정체로 이탈리아에서 세 번째로 큰 성당이라고 했다. 사람들은 건축물 여기저기를 사진으로 담았다. 아름다움을 오래도록 남기고 싶은 마음이었을 것이다.

가이드분이 내게 물었다.

"사진을 전혀 찍지 않으시네요?"

"어차피 구글링하면 똑같은 사진들이 한가득 나오는데요."

시큰둥하게 답했다. 내게 무언가를 남기는 것은 큰 의미가 없다. 오히려 하나하나 지워가고 있으니까. 물론 쉽사리 지워지지 않는 것들이 있지만, 그게 무슨 소용일까. 이 모든 여행을 마쳤을 때 내게 남는 건 하나뿐이다.

여행을 다니다 보면 무언가 달라지지 않을까, 아주 조금 기대하기도 했다. 하지만 여행을 할수록 분명해졌다. 오히려 더 깊숙이 마음속으로 파고들었다.

'나는 변하지 않는구나.'

아무리 맛있는 것을 먹어도, 아름다운 것을 보아도 밑 빠진 독에 물 붓기였다. 허무함만 가득했다. 아침에는 파란 하늘도 날이 지면 붉게 물들고, 달은 차고 지기를 반복했다. 손을 대고 만져본 돌은 그저 차가웠으며, 눈으로 본 풍경은 사진과 다를 게 없었다.

무언가 중요한 게 빠진 느낌. 내 여행은 그랬다. 잃어버린 무언가를 찾지 못했기 때문일까. 더 기대하지 말아야겠다고 다짐했다.

나는 여기까지다.

드디어 집, 한국이다. 열흘의 길고도 짧은 여행이 끝났다. 다섯 시간 반 동안 두바이로 이동한 뒤, 다시 여덟 시간을 움직여서야 인천공항에 도착했다. 공항에서 열흘 동안 함께한 사람들과 인사를 나누고 각자의 길을 갔다.

짐을 정리하며 여행을 돌아보았다. 분명 한국도 좋은 곳이라 느껴졌다. 버스 창밖으로 보이는 풍경은 이탈리아든 스위스든 비슷했다. 영국에서 간 빅 벤과 템스강에서 혼자 마신 맥주와 파리의 빛나던 에펠탑. 커다란 루브르 박물관 중심의 유리 피라미드를 바라보던 일과 베니스, 산마르코 광장에서의 에스프레소. 사치스러울 정도로 화려했던 바티칸 박물관과 시스티나 예배당. 모든 것이 아름다웠지만, 그게 다였다.

가이드분은 이렇게 사진을 안 찍는 사람은 나이가 아주 많으신 분들 정도라고 했다. 나중에 자식들이 사진을 정리하기 힘들어한다고 했다. 어찌 보면 나도 그 마음과 크게 다르지 않았다.

어쩌면 지금 나에게는 이 모든 것이 여행일지도 모른다. 비가 오는 하늘, 해가 쨍한 하늘, 구름이 낀 하늘도 모두 '다음'이 없는 마지막일 수 있기에.

이제 다시 출국하는 날까지 다시 일상으로 돌아가 버텨야 한다.

「로마의 휴일」이라는 영화를 보았다. 내가 보았던 로마가 사이사이 녹아 있었다. 이 흑백 영화는 무려 1953년도에 개봉했다. 오십 년도 더 된 것이다. 그 긴 시간 동안 로마는 아름다움을 지켜오고 있었다.

영화는 품위 있고, 순수했으며, 애절했다. 과장된 감정표현이나 말보다는 절제된 은유적 표현으로 관객의 마음을 울렸다. 그 절제미가 화려한 배경과 대조되어 비교할 수 없는 매력으로 발휘되었다. 난 영화를 즐겨 보는 편이 아니지만, 영화는 분명 아름다운 예술이다. 오랫동안 남아 전해지는 데에는 분명 이유가 있다.

날이 하루 만에 제법 쌀쌀해져서 몇 년째 간직해온 야구점퍼를 꺼내 입고 커피를 사러 갔다. 커피를 들고 늘 앉던

벤치에 앉아 음악을 들었다. 내일은 명절이다. 예전에 지하 작업실에서 살 때는 명절에도 늘 혼자였다. 텅 빈 작업실에서 혼자 삼천 원짜리 도시락을 데워 먹었다. 그때와 달리 지금은 가야 할 곳이 많아 날을 나눠가며 다닌다. 시간은 참 많은 것을 바꾸어놓는다. 물론 나 자신보단 상황이 바뀐 것이겠지만.

어제 라스베이거스에서 총기 난사 사건이 일어나 수백 명이 다치고 죽었다는 기사를 보았다. 한 사람이 수많은 사람을 죽였다. 나는 내 목숨 하나를 손에 쥐고도 벌벌 떠는데, 그 사람은 수백 명을 해쳤다. 믿기지 않는다.

생명을 앗아가는 건 순식간이다. 그 짧은 찰나에 비하면 죽음 이후의 시간은 영원하다. 한순간의 선택이 다시 돌아올 수 없는 직선으로 이어진다는 뜻이다. 그렇기에 더 신중하게 생각하려고 노력한다.

제2장

때론 나도
나를 이해하기
힘들 때가 있어요

비가 온다. 날이 흐려 비가 올 거라고는 생각했지만, 늘 가는 산책을 가지 못한 것은 아쉽다.

어제부터 줄곧 내가 한심하다는 생각이 들었다. 제대로 대학을 나온 것도 아니고, 돈을 잘 버는 것도 아니고. 주변에는 자신의 꿈을 이뤄가는 사람들이 많은데 나는 무엇을 하고 있는지. 정말 보잘것없는 사람이구나. 모두가 나에게 미래를 말하지만, 그 '미래'라는 것은 내 마음에 남지 못하고 흘러가 버린다.

오늘 꿈에 오랫동안 함께했던 친구가 나왔다. 사실 꿈을 너무 많이 꿔서 무엇이 현실이고 꿈인지 잘 구분할 수 없으나, 그 친구를 본 게 꿈이라는 것만은 확실하게 알 수 있었다. 내가 힘들 때면 그 친구가 꿈에 나오곤 했으니까.

아마 내가 그 친구에게 많이 의지했기 때문일 것이다. 하지만 이젠 아니다.

절대 끝나지 않을 것 같던 관계가 허무하게 막을 내릴 때도 있다. 그 친구는 아픈 내 모습을 보는 게 힘들다고 했다. 그만큼 자신의 마음도 아팠기 때문일 것이다. 나아지지 않는 내 모습을 보며 그 친구는 속상해하고 화를 냈다.

"너는 항상 그런 식이지. 널 보는 사람은 생각도 하지 않잖아."

그 말을 듣는 순간 깨달았다. 나는 절대 누구에게도 나를 보여선 안 된다는 사실을. 그저 웃으면서 괜찮다고 말해야 한다는 사실을. 마음을 내보였을 때 내게 돌아온 것은 작은 유리 조각 같은 말이었다. 나는 말없이 그 친구를 바라보다 헤어지는 순간 말했다.

"그럼 더는 날 안 봐도 괜찮아."

나는 그 말을 던지고선 뒤도 돌아보지 않고 집으로 향했다. 나를 부르는 소리가 들렸지만, 돌아볼 수 없었다. 그 순간만큼은 모든 것이 무너진 것 같았다. 홀로 눈물을 훔치며 조용히 길을 걸었다.

아마 그 친구가 생각한 답은 이게 아니었을 것이다. 내가 괜찮게 잘 지내길 바랐을 것이다. 그 모든 걸 알면서도 나는 그렇게 말했다. 나의 어두운 모습을 유일하게 정면으로 바라본 사람, 나의 마지막을 끝까지 바라볼 사람. 그렇게 나는 그 소중한 사람을 쉽게 떠나보냈다.

내일은 다시 출국이다. 아무런 설렘 없이 짐을 쌌다. 날이 상당히 추워져서 긴 옷을 챙기다 보니 저번보다 짐이 많아졌다. 짐을 싸고 남은 시간에는 다 읽지 못한 책을 읽었다. 응급실 의사의 이야기였다.

책을 읽다 덮기를 반복했다. 사이사이 떠오르는 나라는 존재에 대한 생각을 마무리 짓기 위해서였다. 글쓴이는 자신의 감정과 치부를 세상에 훤히 드러냈다. 반대로 나는 나를 조금도 드러내지 못한다.

가만히 보면 나에 대해 이야기하는 어떤 말도 진짜 '나'를 표현하진 못한다. '병원에 다니면서 나아진 것 같다'라는 말도 내 진짜 모습을 모르기에 하는 말이다. 보이지 않으면 모르는 게 당연하다. 그리고 나는 '보여주지 않는 데'

익숙한 사람이다. 어차피 나를 이해하지 못할 테니까. 그래서 난 그저 웃는다. 누군가와 함께 있는 게 혼자 있는 것보다 외로운 이유는 이 때문일까.

어딘가 눈에 보이게 아프면 안심이 된다. 그 순간만큼은 정말 아파할 수 있어서, 아파해도 될 것 같아서. 그러나 옆에 누군가 있으면 괜찮다고 말하며 웃는다. 참을 수 있는 만큼 혹은 그 이상을 참는다. 지금까지 가장 후회한 말 중의 하나가 '아프다'라는 말이었기 때문에.

울리는 휴대전화기를 그저 바라만 보았다. 사람들은 연락이 오지 않으면 불안하다던데, 나는 연락이 오면 불안하다. 아무도 날 찾지 않았으면 좋겠다. 내가 피하고 싶은 사람, 그 사람일까 무섭다.

내게 상처 준 어떤 이가 이렇게 말했다.

"너는 행복하기 힘들 거야."

그 말은 내게 저주로 남아 있다. '어쩌면 내가 지금 살아 있는 게 욕심은 아닐까' 하는 생각마저 들게 한다. 그래서 '앞으로 어떤 삶을 살아야 하느냐' 하는 물음은 무의미하다.

'괜찮아. 이제 살지 않을 거니까.'

이게 나의 답이다. 나를 위로할 수 있는 가장 적절한 말
이 아닐까.

pm 11:37

지금은 체코 프라하다. 인천에서 열한 시간 동안 비행기를 타고 자카르타에 도착한 뒤 두 시간 더 비행기를 타고 나서야 체코에 올 수 있었다. 지난 유럽 여행 때 면역이 생겨서 그런지 장시간 비행도 견딜 만했다. 약 기운으로 잠도 많이 잤다.

비행기에서 내린 뒤 카를로비바리라는 도시로 이동해 주변을 둘러봤다. 민주주의 운동이 일어난 바츨라프 광장을 거쳐 천문 시계탑과 구가시 광장을 구경하고 야경을 감상했다. 천문 시계탑의 해골은 황금색 모래시계를 들고 있었는데, 인간은 태어나는 순간부터 죽음을 향해 가는 존재이므로 이를 가치 있게 살자는 의미를 담고 있다고 했다. 내 손에 새긴 글귀와 같은 뜻이었다.

여행이 무조건 즐겁고 행복하다고는 생각하지 않는다. 다만 날씨와 경치를 즐기는 게 좋은 일처럼 느껴진다. 긍정적이거나 좋은 감정들은 아직 내게 낯설다. 어쩌면 나는 계속 그럴지도 모른다. 오히려 우울 속에서 편안함을 느끼며 나아짐을 거부할지도.

지금은 그저 창밖으로 보이는 별을 바라보는 수밖에 없다. 물결이 인다고 바다가 흔들리진 않는다. 결국 나도 그렇다. 여러 감정을 마주해도 좀처럼 내 안의 우울은 사라지지 않는다. 별을 볼 수 있을 때 많이 담아두자. **마지막 감은 눈에서도 별을 먼저 떠올릴 수 있게.**

열세 시간이 넘는 비행 끝에 드디어 집에 왔다. 출국장에서 기다리는 남편을 보고 달려가 꼭 안았다. 부드러운 품이었다. 옆에 있으니 왠지 모를 편안함이 느껴졌다.

짐 정리를 마칠 즈음 엄마에게서 연락이 왔다. 잘 다녀왔다고 하니 저녁을 먹으러 오라고 했다. 조금 피곤했지만, 선물도 드릴 겸 엄마 집으로 향했다. 엄마는 장 봐온 식재료로 직접 밥상을 차려주었다. 평상시 잘 해 먹지도 않으면서 딸이 온다고 장까지 보고 밥과 반찬을 해주는 엄마의 모습에 마음이 아렸다. 그간 받아보지 못했던 따뜻함과 식지 않은 밥상. 지금이라도 가족이 되기 위해 노력하는 엄마의 마음이 느껴졌다. 나도 엄마가 되면 저럴 수 있을까.

밥은 따뜻하고 맛있었다. 조금 먹어도 괜찮다는 듯 적게 담아준 밥그릇이 마음을 더 아프게 했다. 엄마는 이제 내게 상처를 주는 존재가 아니라 사랑을 주는 엄마로, 그런 존재가 되기 위해 노력하고 있었다. 그런데 나는 왜 이 모양일까.

엄마는 버스 정류장까지 데려다주겠다며 함께 집을 나섰다. 엄마의 손을 잡고 조금은 먼 정류장을 향해 걸었다. 남자친구의 손을 처음 잡았을 때처럼 조금 어색했지만 놓고 싶지 않았다. 버스가 보이지 않을 때까지 손 흔드는 엄마를 보니 눈물이 날 것 같았다. 어린 날 가지지 못한 사랑에 대한 감동인 걸까. 상처를 주게 될 나란 존재에 대한 미안함인 걸까. 끝까지 나를 바라보던 엄마의 모습을 잊을 수 없다. 난 항상 가족이라는 존재 앞에서, 엄마라는 존재 앞에서 한없이 약해진다.

이제야 모든 것을 쌓아 올릴 수 있는 땅이 생겼는데 쌓아 올릴 돌이 없다. 정말이지 절망에 가까운 감정이다. 나를 용서할 수 있다면 얼마나 좋을까. 과거의 상처를 딛고 나아갈 수 있다면 얼마나 좋을까. 알면서도 오랫동안 아파했던 긴긴 시간이 날 아무것도 할 수 없게 만든다. 죽음에 대한 내 마음은 때로는 한없이 나를 자유롭게 만들지만, 희망과 행복을 모두 슬픔으로 만들어버린다. 이럴수록 나 자신이 너무 싫어진다.

　입원했다. 반년 만에 다시 이곳으로 돌아왔다. 병동에 들어서니 익숙한 답답함이 느껴졌다. 짙은 락스 냄새가 코를 찔렀다. 외래 진료에선 아무 말도 하고 싶지 않았다. 그런 나를 보며 주치의 선생님은 불안해했고 입원을 권유했다.

　"입원하시죠."

　나는 말없이 고민했다. 주치의 선생님은 다시 말했다.

　"퇴원하더라도 일단은 입원하시는 게 어떨까요?"

　나는 역시 말이 없었다. 입원을 해야 할지, 그냥 아무도 없는 곳으로 가버릴지 고민했다.

　"그럼 목요일에 다시 오셔서 생각해보는 건 어떠세요?"

　그 말을 듣는 순간 '지키지 못할 약속은 하지 말자'는 생각이 들었다. 오늘이 지나면 나는 병원 치료를 포기하고 다시 이곳에 오지 않을 것이다.

"입원할게요."

곧바로 입원 절차를 밟았다. 입원 수속 시간이 점심시간과 겹쳐 잠깐 밖에 나갈 수 있었다. 솔직한 마음으로, 도망갈까 싶기도 했다.

재입원이라서 대부분의 간호사님들은 나를 알고 있었다. 병동에 올라가자 간호사님이 어떤 마음인지 물었다. 대답하고 싶지 않아 꼭 말해야 하느냐고 물었다.

남편에게 입원했다고 전화를 한 뒤 주치의 선생님을 기다렸다. 예상과 달리 주치의 선생님이 아닌 담당의 선생님이 병실 문을 열고 들어왔다.

"주치의 선생님께서는 안 오시나요?"

담당의 선생님에게 던진 첫마디였다.

"저와 말씀 나누시면 주치의 선생님께 전달해드리겠습니다. 제가 담당의입니다."

처음 보는 사람과는 말하고 싶지 않았다. 일 년이 넘는 시간 동안 나는 주치의 선생님하고만 이야기를 했다. 그 시간 동안 쌓아온 신뢰와 믿음이 입원 치료의 바탕이었다. 무엇보다도 다른 누군가가 나를 이해할 수 있을 거라 생각하지 않았다. 주치의 선생님이 아니면 입원의 의미가 없었다.

"그럼 퇴원할게요."

담당의 선생님은 다시 주치의 선생님께 전달하겠다고 말한 뒤 방을 나갔다. 그리고 얼마 지나지 않아 주치의 선생님이 달려왔다.

"저와 이야기하시죠, 제가 맡겠습니다."

"굳이 그러지 않으셔도 괜찮아요."

"아뇨, 이렇게 이야기하는 데 일 년이 걸렸어요. 제가 맡는 게 맞습니다. 지금 이수연 씨는 금방이라도 잘못될 것처럼 보여요. 위험해 보인다고요."

다시 돌아온 작고 네모난 방 안에서 혼자 멍하니 창밖을 바라보았다. 전과는 달리 병원 치료도 모두 포기하고 싶었다. 나는 소리 없는 폭력을 나에게 휘두르고 있었다. 내가 가장 되고 싶지 않은 모습이 지금의 내 모습이었다. 고요하지만 화가 났고, 용서할 수 없는 마음에 모든 것을 그만두고 싶었다. 눈물이 날 것 같았지만, 울 수는 없었다.

나는 다시 시간이 가지 않는 방으로 왔다. 혼자지만 혼자일 수 없는 곳. 긴 하루다.

오전에는 주치의 선생님이, 오후에는 남편이 왔다. 주치의 선생님과는 꽤 많은 대화를 나눴는데, 시작은 입원했던 월요일 이야기였다.

"왠지 그날이 지나면 다신 이곳에 오지 않을 것 같아서 입원했어요. 지키지 못할 약속은 하고 싶지 않아서요."

"저는 이수연 씨가 '입원했으면······.' 하고 말하는 것처럼 느꼈어요. 겉으론 그렇지 않았지만요."

주치의 선생님은 말을 이었다.

"담당의에게 이수연 씨가 퇴원 얘기했다는 말을 들었을 때 바로 장면이 그려졌어요. 다른 분 같았으면 항의를 하거나 화를 냈겠지만, 이수연 씨는 그러지 않으셨죠. 상황을 피해버렸어요."

"화가 난 건 아니었어요. 모르는 사람과 얘기하는 게 싫었을 뿐이죠. 여기 오기 전에 친구 관계도 다 끊었어요. 그런 상황에서 새로운 사람은 더욱이 만나고 싶지 않았죠."

"얼마 전에 노인 고독사에 대한 얘기를 들은 적이 있어요. 노인 고독사의 조짐 중에 하나가 주변 사람을 정리하는 것이라더군요. 사회 관계망이 많을수록 안전하다고 보는 거죠. 지금 이수연 씨가 딱 그래요. 주변을 정리하고 있잖아요."

"……."

주치의 선생님은 말을 돌렸다.

"우울함에도 유전적 요인이 있어요. 오늘 방을 들어오는데 그런 생각이 들었어요. 이수연 씨는 유전적으로 우울한 사람이라고요."

"그럼 유전적 우울로 자살한다면 그건 수명일까요?"

주치의 선생님은 잠시 뜸을 들인 뒤 대답했다.

"그렇게도 볼 수 있겠죠."

나는 잠시 생각에 잠겼다.

"후회하며 살고 싶지 않았어요. 그런데 지금 생각해보면 지금까지 죽지 않은 게 후회돼요. 시간이 흐르고 제가 계속 살아간다 해도 저는 다시 살아간 오늘을 후회하겠죠. 죽지 않았다는 것을요."

"그때 다시 입원하시죠."

주치의 선생님은 특유의 농담조로 말을 받았다. 자살도 결국 수명의 일부라면 나는 더 이상 죽음에 죄책감을 가지지 않아도 되는 걸까. 아니, 나는 아무래도 죄책감을 가지겠지. 내 잘못이라고 생각하겠지.

방을 나서기 전 주치의 선생님은 나를 위로하는 목소리로 말했다.

"정직하고 도덕적인 사람일수록 우울한 기질을 가지고 자신에게 높은 잣대를 들이밉니다. 하지만 그건 충분히 성공할 수 있는 사람으로서의 기질이기도 해요. 지금은 죽으려 하는 마음에 이런 말이 별 의미 없게 느껴지겠지만, 이수연 씨는 충분히 그런 사람이에요. 성공할 수 있는 사람이요."

　오전엔 줄곧 자고 오후엔 줄곧 책을 읽었다. 『에드윈 슈나이드먼 박사의 심리부검 인터뷰』라는 책이었다. 심리부검은 자살 후 그 원인을 찾기 위해 진행하는 심리적 부검을 뜻하며, 이 책은 한 사람의 자살에 관한 많은 전문가의 의견과 그 주변 사람들의 인터뷰, 그리고 그 사람의 유서까지 담아낸 것이었다.

　자살자의 유서는 가장 뒤편에 있었다. 이렇게 누군가의 유서를 읽어보는 건 처음이었다. 유서의 글머리부터 마음이 아려와 잠시 책을 덮고 마음을 정리해야 했다. 마치 내 유서를 보는 것만 같았기 때문이다.

　자문 교수는 그가 첫 자살 시도 이후 십삼 년이라는 긴 시간을 더 살 수 있었던 이유로 좋은 의사와 가족, 친구들을 꼽았다. 또한 그는 태어날 때부터 악성에 해당하는 사람 같다고 말했다. 결국 그의 죽음은 막을 수 없었다는 뜻이다. 주치의 선생님도 지난 번에 말씀하셨다. 나는 태어날 때부터 우울한 기질의 사람이라고. 나도 악성에 해당하는 사람일까. 어쩌면 자살은 유전적으로 타고난 '수명적 자살'과 예방이 가능한 '병적 자살'로 구분할 수 있지 않을까.

책 이야기를 하자 주치의 선생님은 십삼 년이 아니라 삼십 년은 더 살자고 말했다. **하지만 내게 중요한 것은 '얼마나 오래 살지'가 아니라 '어떻게 살지'였다.** 주치의 선생님과의 대화는 나와 멀어진 그 친구 이야기로 옮겨갔다.

"그 친구분이 왜 그렇게 특별했나요?"

"아마 절 이해해줄 거라 기대했기 때문이지 않을까요. 다른 사람은 몰라도 그 친구는 절 이해할 수 있을 거라 생각했어요. 결국 그렇지 못해 제게 화를 냈지만요."

"어쩌면 이수연 씨가 여행을 떠난 것도, 이곳에 있는 것도 그 친구 때문이지 않을까요? 그 친구분은 이수연 씨가 이렇게 된 걸 알까 싶네요."

"글쎄요. 그 친구 때문인지는 모르겠어요. 그래도 생각은 많이 나네요."

그 친구와의 관계는 늘 어려웠다. 가까워져도, 멀어져도, 그 사이 어딘가에 있어도 우리는 문제였을 것이다. 그럼에도 나는 그 친구를 나의 절반이라고 생각했다. 나를 알아줄 사람이라고 기대했다.

　"예전에는 그 친구가 저의 마지노선과 같았어요. 그 친구에게만 제 마음을 얘기했죠. 그런데 지금은 그 마지노선이 주치의 선생님이 되어버렸네요. 그 친구는 이제 없으니까요."

　"제가 그 마지노선이라면 그것도 저의 보람이겠죠."

　주치의 선생님은 내가 그동안 작은 약속들까지도 잘 지켜줘서 고맙다고 했다. 하지만 더는 약속하지 않을 생각이다. 지금의 나는 그 약속을 지키기가 어려울 테니까.

　심리부검 인터뷰 책을 모두 읽었다. 다양한 시각과 관점, 자살자인 주인공의 심리는 내가 본 여느 글이나 사례들보다도 나와 꼭 닮아 있었다. 글 하나하나가 마음에 와닿아 천천히 읽을 수밖에 없었다. 결론은 주인공의 자살은 매우 드문 사례이며, 생리학적 문제와 환경적 요인이 복잡하게 얽혀서 치료하기 어렵다는 것이었다. 그래서일까, 내가 누구의 공감도 받지 못하는 이유가.

　주치의 선생님은 늘 같은 질문을 던졌다.

　"오늘은 무슨 생각을 하고 계시나요?"

　"심리부검 관련 책을 다 읽었어요. 그 책은 자살자인 주인공의 죽음이 '어쩔 수 없는 일'이라고 말했죠. 결국 그 책에 쓰인 대로 우울함에 유전적 요인이 크다면 그것 또한 일종의 '수명'이지 않을까요. 제 죽음도 그저 '수명'에 불과한 거죠. 그렇게 생각하면 조금은 죄책감이 덜어져요. 어쩔 수 없으니까요."

"그렇다면 이수연 씨가 죽은 이후 사람들의 반응은 어떨 것 같나요?"

"글쎄요. 아마도 '결국 자살할 줄 알았어'라고 말하지 않을까요."

"가장 싫은 반응은요?"

"모든 것에 저를 너무 그리워하는 일이요."

"그건 애도의 일종으로서 당연한 반응이에요. 아마 그럴 수밖에 없겠죠."

"맞아요. 그래서 저는 그 마음에 책임을 느끼지 않아요. 제가 어떻게 죽든 모두가 한 번은 느낄 감정이니까요. 자살이 아니더라도 저는 언젠가 죽을 테고요."

"깔끔한 답변이네요."

주치의 선생님은 딱딱한 내 대답에 조금은 난처한 표정을 지었다. 이어 내게 물었다.

"이수연 씨와 멀어진 그 친구분이요. 그 친구분과 멀어진 게 이수연 씨에겐 사별과 버금가는 일 같이 느껴져요.

그렇게 중요한 사람이 멀어졌으니 아프시겠죠. 그래서 더 극단적으로 생각하게 된다고 봐요. 그 일 말고도 다른 요인이 있을까요?"

"노력해왔잖아요……."

나는 힘없이 말끝을 흐렸다.

"어렸을 때부터 죽고 싶었어요. 그런 저를 끝없이 회유하며 설득하고 노력했어요. '조금만 참으면 나아질 거야', '여행하면, 일하면, 사랑하면……' 그렇게 저를 억지로 끌고 왔어요. 하지만 그 모든 일이 좌절되었죠. 제가 뭘 더 노력해야 하는 건가요?"

나의 물음에 주치의 선생님은 잠시 말을 멈췄다.

"저는 여태 죽고 싶어 하는 이수연 씨를 제가 말린다고 생각했는데, 이수연 씨도 살고 싶으셨군요."

"그래서 제가 여기 있는 거겠죠. 하지만 이제 그 노력을 그만하고 싶어요."

하루 중 처음이자 마지막인 대화를 마치고 나는 다시 방에 혼자 남겨졌다. 머릿속으로 대화를 몇 번이고 되새겼다. 마치 그 말들이 방 여기저기에 배어 있어서 그 향기를 쫓아가듯이.

창밖을 보다가 문득 여기서는 웃지 않아도, 거짓말을 하지 않아도, 살아가기 위한 몸부림을 치지 않아도 된다는 생각이 들었다.

'아무것도 안 해도 돼.'

눈물이 날 것 같았다. 하지만 울지는 못했다. 울면 더 엉망인 사람이 될 것 같았다. 어릴 때 눈물이 나면 연신 "죄송해요"라며 사과를 했다. 그렇게 평생 참으며 살아왔다.

주치의 선생님이 방으로 들어왔다. 얼굴에 '근심', '걱정'이 달려 있었다. 어제 드린 내 일기장 때문이었을까. 일기를 읽어보고 싶다는 주치의 선생님의 말에 나는 무심코 일기장을 건넸다. 그런데 오늘 주치의 선생님의 얼굴을 보니 불안해졌다. 이런 나를 포기하신 걸까. 주치의 선생님이 입을 여는 순간까지 나는 마음을 졸이며 기다렸다. 그리고 상처받지 않기 위해 짧은 마음의 준비를 했다.

"이수연 씨 일기를 조금 읽어봤어요."

나는 다음 말이 떨어지길 기다렸다.

"이수연 씨에 대해 그래도 좀 아는 편이라고 생각했는데, 일기장에 적힌 생각과 표현을 보니 그렇지 않았구나 싶더라고요."

주치의 선생님과 나는 나라는 존재에 대해 긴 대화를 나눴다.

"일기장을 읽고 나니 이런 시각으로 세상을 바라보면 죽고 싶은 생각도 합리적인 결과란 생각이 들었어요. 이수연 씨가 이해되었죠."

"제가 주치의 선생님께 바라는 건 살게 해달라는 게 아니에요. 그 '이해'와 그로 인한 '위로'죠."

주치의 선생님과 나는 잠시 말이 없었다. 먼저 말을 꺼낸 것은 나였다.

"차라리 손이 잘려나가 피가 철철 흐르면 마음이 편할 것 같아요. 그 순간만큼은 아파해도 될 테니까요."

내 손에 쥐어진 수많은 '소중한 가치'들은 나를 아플 수 없게 만든다. 이 행복 속에서 아프다는 건 죄를 짓는 일이다. 그래서 나는 나를 더 용서할 수 없는 걸까.

내가 살아가는 걸 후회한다고 말하자 주치의 선생님이 물었다.

"그럼 어제의 후회는 무엇인가요?"

"어제 죽지 않은 것이요. 오늘의 나는 너무 아프니까……."

이렇게 '아프다'라고 말한 게 얼마 만인지 기억조차 나지 않는다. 나도 내 아픔을 있는 그대로 이해하지 못하는데, 어느 누가 날 이해할 수 있을까. 그래도 아프다고 말하고 나니 마음이 조금 가벼워졌다. 절대 해선 안 되는 말이라고 생각했는데…….

어쩌면 나는 내게 기회조차 주지 않았던 게 아닐까.

기분은 마치 하루가 다 간 것 같은데, 아직 오전이다. 밤
새 잠들지 못하고 끙끙거리며 앓은 탓이다. 몸살이 너무 심
해 짧게 잠들지도 못했다. 조금만 뒤척여도 내 위로 바늘이
쏟아지듯 아팠고 앓는 소리가 났다. 그나마 일인실이라 다
행이라는 생각이 들었다.

홀로 아픈 밤을 새우자니 어린 시절이 떠올랐다. 자주
이렇게 아팠는데……. 혼자 병원에 가고 혼자 수건을 적셔
열을 식히던 시간들. 그런데 지금은 신기하게도 걱정 어린
눈빛으로 나를 바라보는 남편이 없다는 게 안심이 되었다.
오늘 주치의 선생님이 출장으로 자리를 비웠다는 사실도
마음을 편하게 했다. 혼자 아파하는 게 편해진 걸까. 아니
면 미안함과 죄책감을 가지는 것보단 홀로 있는 편이 낫다

고 생각하는 걸까.

'아파서 죄송해요.'

이 말을 얼마나 많이 하며 살아왔는지.

아, 그리고 웃기게도 새벽, 그 아픈 와중에 커피맛 우유가 먹고 싶었다. 이상하게 계속 생각이 났다. 커피맛 우유, 삼각형…….

pm 8:05

너무 아파서 아무 생각도 할 수 없다. 약을 먹었는데도 아직 힘들다. 먹은 것도 없는데 속이 메슥거린다.

온종일 아팠다. 밤새 잠들지 못했고 간호사님과 간호조무사님이 수없이 다녀가셨다. 열이 오르고 떨어지기를 반복했는데, 점심 때에는 사십 도까지 올랐다. 너무 추운데 이불을 덮지 못하게 해서 괴로웠다. 지금은 그나마 나아져서 열이 삼십팔 도까지 내려갔다.

그런데 주치의 선생님은 언젠가 그럴 줄 알았다는 표정으로 나를 쳐다보았다. 주치의 선생님의 반응이 아픈 와중에도 웃겼다.

"그래도 아프니까 살고 싶으시죠?"

주치의 선생님다웠다.

"그러게요. 자살하기 전에 죽겠어요."

쓴웃음이 배어나왔다. 남편에게 연락해야 한다고 말하

니 주치의 선생님이 대신 하겠다고 했다. 나는 남편에게 아프다는 사실을 알리지 말아달라고 부탁했다. 걱정에 걱정을 더하고 싶진 않았다. 주치의 선생님은 방을 나서며 계속 열이 내리지 않으면 병원을 옮겨야 할 수도 있다고 말했다. 그리고 마지막으로 할 말이 없는지 물었다. 하마터면 커피맛 우유를 얘기할 뻔했다. 그게 뭐라고.

11. 16. THU

온종일 링거를 맞으며 누워 있었다. 밖은 시끄러웠고, 누군가 내 손을 잡고 밖으로 데려갈 것 같았다. 하지만 아무도 그러지 않았다. 나는 손을 이불 속으로 숨겼다.

이른 저녁에 찾아온 주치의 선생님이 물었다.

"크게 아파보니 생각이 좀 달라지지 않나요?"

"그보단 어릴 적 일이 떠올랐어요. 제가 양호실에 누워 있을 때 엄마가 왔던 일이요. 생각해보면 그게 다정했던 엄마의 마지막 모습이었던 것 같아요. 엄마는 항상 오빠만 챙긴다고 생각했거든요."

대화는 오빠에 대한 질투와 열등감 이야기로 이어졌다.

"관심받기 위해서 오빠보다 모든 걸 잘하려고 노력했어요. 하지만 엄마가 인정해주지 않으니 혼자서 열을 냈던 것 같아요. 결국은 모든 걸 포기하고 음악을 했죠. 저는 지금 대학도 나오지 못한 사람일 뿐이에요."

"십 년 후면 그런 것들보다 무엇을 할 수 있는지가 더 중요하게 느껴지지 않을까요?"

"십 년이요……."

십 년이라니. 지금 당장 살아갈지 말지도 정하지 못하는 내게 십 년이라니. 말도 안 되는 얘기였다. 내 생각을 읽었는지 주치의 선생님이 말했다.

"그때까지 살아계신다면요."

항생제와 정신과 약을 함께 먹으니 잠이 쏟아진다.

오늘 밤엔 열이 안 올랐으면.

우울했다. 두 손으로 얼굴을 감싸면 눈물이 날 것 같았다. 혼자 있어서 언제든 울 수 있었지만, 그러지 않았다. 오히려 겉으로는 평온함을 유지했다. 마음이 흔들릴수록 말과 행동은 사라지고 아무 일 없는 듯 잠잠해졌다.

음식을 먹으면 위액이 올라와 식사를 거의 하지 않은 채 빈속을 물로 채웠다. 움직일 때마다 약간 어지럽고 멍멍했다. 심한 이명에 시달렸지만 참을 수 있었다.

'차라리 이런 모습이 나와 어울리는 거겠지.'

주치의 선생님은 오늘은 시간이 많지 않다며 평소보다 일찍 방을 찾았다. 무슨 말이라도 해야 하는데 우울함을 보이긴 싫었다. 어차피 이해받지 못할 것 같았다. 이해해주길 바라는 사람에게 이해받지 못하는 일만큼 아픈 게 또 있을까. 내 마음을 자세히 말로 풀어낼 자신도 없었다.

말없는 나 대신 주치의 선생님이 먼저 말을 꺼냈다.

"종교를 가져볼 생각은 없으세요?"

"그 말 정말 많이 들었어요. 종교에 부정적 견해가 있는 건 아니에요. 다만 학문으로 바라볼 뿐이죠."

"저도 종교 자체보다는 그 분위기가 더 좋더라고요. 모두가 믿음을 가지고 사는 건 아니에요. 그저 긍정적인 영향을 받을 수 있다면 좋은 거죠."

"네, 긍정적인 영향을 받을 수 있다면요."

주치의 선생님은 말없이 창문을 바라보았다.

"오늘 서울 어딘가엔 눈이 온다네요."

주치의 선생님이 나가고 한 시간 뒤 정말로 눈이 왔다. 눈이 올 거라던 주치의 선생님의 얘기가 다시 생각났다. 내 이야기를 하나도 하지 않았는데, 왠지 조금은 위로받은 느낌이었다. 내리는 위로 속에서 잠들고 싶다.

오늘 나는 아주 조용히, 나를 돌아보았다. 밖에서 나는 살지 않으려는 자신을 이해하지 못하고 미워했다. 하지만 이곳에서는 그러지 않는다. 나는 너무나 어린아이 같고, 기운이 빠진 채로 하루를 멍하니 보내고 있다. 스스로 다그친다고 해서 울음을 멈추고 어른이 되는 건 아니었다. 그래서 나는 이제 그만 화내기로 했다.

'그래, 이제 그만하자.'

나를 용서하고 사랑해보자고 다짐했다. 비록 때때로 심한 우울과 자기 비하가 찾아오겠지만, 그때마다 다시 날 다그치고 화낼지도 모르지만 노력해보기로 했다. 행복했던 기억은 행복했던 기억으로, 사랑은 사랑으로 온전히 받아들이고 도망치듯 떠나지 않기로 했다. 열심히 살아온 자신을 인정하고 잘 살아왔다 다독이고 싶었다.

그렇게 얼마 남지 않은 인생 동안 그 누구보다도 나를 사랑하기로 마음먹었다. 태어나서 처음으로 다른 사람보다 나를. 죽음을 눈앞에 두고 나는 그 힘든 일을 마음먹었다.

저녁에 오신 주치의 선생님에게 내 결심을 말했다. 주치의 선생님이 물었다.

"그 마지막을 언제쯤으로 생각하세요?"

"내년 초 정도요. 그래도 여기 있는 동안은 살아 있을 수 있겠죠."

"이수연 씨가 죽으면 제가 어떻게 느낄 거라 생각하세요?"

의외의 질문이었다. 내가 없을 경우 주치의 선생님이 느끼게 될 감정을 헤아리는 데 시간이 필요했다.

"글쎄요. 그냥 '어차피 죽을 사람'이라 생각하셨으면 좋겠어요. 제 삶에서 주치의 선생님은 분명 의미 있는 존재예요. 그러니까 죽은 저를 '실패했다'고 생각하지 않으셨으면 해요."

"그건 이수연 씨가 생각하는 바람이죠. 일 년간 봐온 사람으로서 제가 어떻게 느낄 거라 생각하세요?"

잠깐의 정적이 흘렀다.

"당연히 마음 아프겠죠. 그리고 돌아보시겠죠. 최선을 다했는지, 과연 최선이었는지, 다른 길은 정말 없었는지."

"당연히 그러겠죠. 그리고 아마 이수연 씨를 지우기 위해 힘들게 노력하지 않을까요."

이 관계에서 도망칠 준비를 하는 사람은 나였다. 어찌 됐든 상실의 크기는 가늠할 수 없을 정도로 클 것이고, 상담이나 치료에 마음을 닫았던 내가 이만큼 마음을 열 수 있었던 것도 주치의 선생님이 마음을 열고 다가온 덕분이었다. **우리는 환자이고 의사였지만, 결국은 사람과 사람이었다.**

　점심에 잠깐 눈이 오다가 금세 개었다. 맑은 하늘이 참 아름다웠다. 날이 좋아서인지 시간이 너무 아쉽게 느껴졌다. 하지만 아무리 아쉬워해도 시간은 흐를 것이고, 내일은 다른 시간이 찾아오겠지. 어쩔 수 없는 일이라면 마음껏 아쉬워하되 슬퍼하지는 말자.

　오후가 되자 담당의 선생님이 오늘은 주치의 선생님이 자리에 계시지 않는다고 전해주었다. 나는 말없이 고개를 끄덕였다. 혹시나, 찾아가지 못한 하루에 상처받을까 봐 주치의 선생님이 건넨 작은 배려였다.

　저녁을 먹고 오랜만에 홀에 나가 사람들과 말을 나눴다. 나는 거의 방을 나간 적이 없기에 한 걸음 한 걸음이 낯설었다. 내가 밖으로 나오자 사람들 모두가 놀랐다. 그곳에 나보다 한참 어린 동생 한 명이 있었다. 붙임성이 좋고 성격도 밝아 병동의 사람들 모두에게 사랑받는 아이였다. 하지만 여기는 정신병원이고, 우리는 모두 불안정한 존재였다.

웃으며 얘기하던 동생은 갑자기 자해 충동이 심하다며 다리를 심하게 떨기 시작했다. 모두 대화로 동생의 기분을 풀어주기 위해 노력했다. 작은 위로와 조언이 오갔다. 그러나 투약 시간을 알리는 방송이 나왔을 땐 모두가 방으로 돌아가야 했다.

사람들이 병실에서 대기하고 있으면 간호사님이 일일이 본인 확인을 하고 약을 준다. 약을 먹은 뒤에는 진짜 삼켰는지 확인한다. 약을 숨기고 모았다가 한 번에 삼켜 자살 시도를 하는 경우도 있기 때문이다.

나는 투약을 마치고 혹시나 하는 마음에 복도로 나섰다. 아니나 다를까 어린 동생이 투약 중이라 아무도 없는 간호사실로 가고 있었다. 자해할 물건을 찾기 위해서였다. 나는 동생을 잡아 말리며 간호사님을 불렀다. 잡은 손을 뿌리치며 어린 동생이 말했다.

"언니, 저 말리다가 다쳐요."

"괜찮아요. 나 다쳐도 돼요."

나는 누군가를 보살필 만한 처지가 못 된다. 자신에게 상처를 줘야만 풀리는 그 뭔가도 잘 알고 있다. 나 역시 나에게 상처를 준 적이 있다. 하지만 그때는 곁에 있는 사람으로서 동생을 말릴 수밖에 없었다. 동생의 모습을 보며 상처 주는 일이 지켜보는 사람에게 얼마나 큰 아픔으로 다가오는지 느낄 수 있었다. 그래서 더욱 동생의 옷소매를 놓을 수 없었다.

어린 동생이 빨리 나아서 나보다 먼저 퇴원했으면 좋겠다. 누가 누굴 걱정하겠느냐마는.

매일 여행하는 기분이다. 책 속을 여행하고, 생각을 여행하고, 하루를 여행한다. 이 방이 때로는 기차 같기도 하고, 배나 버스같이 느껴지기도 한다. 매일 변하는 것들 사이에서 변하지 않는 것을 찾으려고 노력하는 중이다.

느지막한 저녁에 주치의 선생님을 방을 찾았다. 평소와 달리 머뭇거리면서 말을 꺼냈다.

"사실, 오늘 일이 끝난 뒤 지인의 장례식이 있어요. 저와 가까웠던 분이죠. 그런데 그분도 스스로 죽음을 선택한 것 같아요. 그래서 월요일날 제가 느끼는 이 감정을 이수연 씨와 이야기해보고 싶어요."

주치의 선생님은 장례식장에서 자신이 너무 흔들리지 않을까 걱정했다. 하지만 나는 주치의 선생님이 아플 수 있을 만큼 아파하기를 바랐다. 추모식이나 장례식은 슬픔을 내놓기 위한 자리라고 생각한다. 어쩌면 계속 품고 가야 할 슬픔을 툭 하고 꺼낼 수 있도록 유일하게 허락된 시간. 참는다고 아프지 않은 건 아니니까.

"이수연 씨는 가까운 지인의 죽음을 경험한 적이 있나요?"

주치의 선생님이 물었다. 나는 자살로 세상을 떠난 큰아버지와 첫사랑이던 전 남자친구의 어머니를 떠올렸다.

큰아버지가 돌아가셨을 때, 장례식장은 한없이 조용했다. 오랜 투병 생활로 주변 사람들 대부분이 떠난 상태였다. 엄마는 그 사실을 안타까워했다. 장례식장일수록 사람이 많이 와야 한다고 했다. 그러나 나는 그 장례식장이 좋았다. 나의 죽음도 이렇게 조용했으면 좋겠다고 생각했다. 나도, 큰아버지도 스스로에 의한 죽음을 선택했으므로.

전 남자친구의 어머니는 그와 연애할 때 종종 뵈었다. 우리는 가벼운 경조사를 챙기고 때론 안부도 건네는 사이였다. 그러던 어느 날, 그의 어머니는 병원에 입원했고 두 달 만에 유방암으로 세상을 떠났다. 그때 누군가의 지인으로서 장례식장에 처음 가보았다. 그는 중학교 때 아버지가 병으로 돌아가셔서 홀로 장례식장을 지키고 있었다. 그날 울지 못하는 그를 대신해 내가 많이 울었다.

그로부터 한 달 정도 뒤에 우리는 헤어졌다. 지금도 그 친구는 내 꿈에 나와 돌아가신 어머니 일은 잊은 거냐며 나를 원망한다. '힘들어하는 그 친구 곁에 좀 더 머물렀어야 했는데……' 하는 후회가 지금도 남아 있다. 그리고 그 후회는 어느새 죄책감이 되었다.

주치의 선생이 방을 나간 뒤 잠시 생각에 잠겼다. 어쩌면 나에게 온 이유 중에는 위로받고자 하는 마음도 있지 않았을까. 아니면 그저 내 반응을 보기 위함이었을까. **우리는 서로에게 보통의 존재인 걸까.**

비가 온다. 날이 추운 것인지, 내 방만 추운 것인지 손과 코끝이 너무 시렸다. 그래도 나는 겨울이 좋다.

비가 오면 우울해지는 건 어쩔 수 없나 보다. 이 나이에 천둥 번개가 무섭다면 조금은 웃긴 일이지만, 천둥 번개 속에 혼자 있으려니 문득 남편 생각이 났다. 곁에 있었다면 무서운 마음을 숨기려고 살며시 껴안았을 텐데.

그가 보고 싶다가 문득 언젠가 헤어져야 할 순간이 떠올라 마음 깊이 아픔이 몰려왔다. 그를 사랑하는 마음과 함께 행복했던 날들이 떠올랐다. 헤어지고 싶지 않았다. 살고 싶었다. 살아서 날 보며 웃는 그 얼굴을 오래도록 보고 싶었다. 엄마와 더 많은 순간을 함께하고 싶었다. 고양이들이 커서 떠나가는 순간까지 함께하고 싶었다. 내 결혼식 날,

먼저 들러리를 해주겠다며 온종일 도와준 친구들의 결혼식에 똑같이 보답하고 싶었고, 어린 시절을 함께한 친구와 술 한잔 기울이며 어른이 되고 싶었다.

하지만 살아갈 욕심이 생길수록 나 자신도 미워졌다. 그 모든 것과 이별해야 한다는 사실이 걸음을 뗄 수 없을 정도로 아파 자리에 쪼그려 앉은 채로 눈을 질끈 감았다.

'내가 줄 상처에 비하면 이건 아무것도 아니겠지.'

울지 못한 채 흘러나오는 거친 숨을 붙잡았다. 틀어막은 손 사이로 아픔이 새어 나왔다.

나를 사랑하며 살아갈 수 있다면 얼마나 좋을까. 하지만 그 작은 바람도 결국 나에게 상처를 줄 것이다. 꿈꿔서도, 바라서도 안 된다. 나는 이런 사람이다.

저녁을 먹으러 나갈 시간이 되었다. 아마 식당에서는 웃으며 사람들에게 인사를 건넬 것이다. 남들 앞에서는 웃을 수 있어 다행이다.

온종일 모든 것이 무서웠다. 도망온 이곳에서조차 더 깊숙한 곳으로 도망가고 싶었다. 꿈속으로 도망갈까 싶어 누웠다가 오히려 꿈속에서 마주할까 두려워 다시 몸을 일으켰다. 무엇보다 사람들과 마주할 자신이 없었다. 점심시간이 되어서도 방 밖으로 나갈 수 없었다.

낮이 모두 가고 해가 질 즈음 주치의 선생님이 방문을 열었다. 말을 꺼내지 못하는 나 대신 주치의 선생님이 장례식장 얘기를 해주었다. 얘기를 듣는데 눈물이 날 것 같았다. 스스로 마지막을 준비한 그 마음의 아픔도, 상실의 아픔도 모두 알 것 같아서.

"장례식장에서 급하게 나왔어요. 그 자리에 있기 힘들어서요."

"왜 힘드셨나요?"

"그냥…… 불편한 마음에요."

주치의 선생님은 왜 불편하다고 느꼈을까. 깊이 묻지는 않았다. 주치의 선생님은 그 지인분에 대해 이런저런 이야기를 들려주었다. 그리고 없으면 안 될 것 같은 자리도 어떻게든 채워진다고도 했다. 그건 아마 죽음이 삶 일부이기 때문이지 않을까. 그렇다면 나는 죽어서 무엇을 남길까. 짧은 기억들과 내가 가진 책 몇 권 정도려나.

주치의 선생님의 이야기를 들은 뒤 나는 어렵게 토요일의 생각을 고백했다. 살고 싶으면 미움이 나를 죽이고, 죽으려 하면 나를 사랑하게 된다는 사실을. 눈물이 날 것 같아 말보다 침묵이 길었다. 그냥 울면 될 일을 뭐가 걸린 것처럼 참고 참았다. 사실 참는 것 말고는 할 줄 아는 게 없는지도 모르겠다.

"사람들은 죽을 용기로 살아가라고 하잖아요. 근데 살아가는 데 필요한 것은 용기가 맞지만, 죽는 것에 필요한 것은 포기인 것 같아요."

나는 오늘 하루 식당에 나가 사람들과 밥 먹을 용기조차 없었다. 오지도, 찾지도 않을 사람들을 두려워했다. 이런 내가 어떻게 살아갈 용기를 가질 수 있을까. 용기를 가질 힘이 없다. 주치의 선생님이 물었다.

"병원에 입원한 것도 '나를 사랑하는 일'인가요?"

"'나를 사랑할 기회를 주는 일'이죠."

살아갈 마음조차 품을 수 없다는 게 얼마나 큰 절망인지 사람들은 가늠할 수 있을까. 나는 그 절망 속에서 자신을 사랑해야 한다. 내가 지금 마주하는 두려움과 아픔, 슬픔을 똑바로 바라보고 아파해야 한다. 지금이 아니면 평생 할 수 없는 일이다.

부디 내 마지막이 성숙한 존재로서의 인간적, 존엄적 삶의 마무리이길.

사람이 무서워 아침, 점심을 모두 먹지 않고 방에만 있었다. 남편이 출근 전에 들러서 커피와 김밥을 주었는데 한 줄도 먹지 못하고 모두 토했다. 속이 불편해서인지, 마음이 불편해서인지, 토하고 싶지 않았는데 토하고 말았다.

쏟아지는 자괴감 속에서 '도대체 이런 나를 어떻게 사랑하지?' 하는 의문이 들었다. 살아갈 용기는 없었고, 이별은 너무 아팠으며, 자존감은 바닥으로 떨어졌다. 칼이 있다면 찌르고 싶었다. '차라리 죽었으면' 하고 생각하다가 '그러지 말아야지' 하며 마음을 다잡았다.

두려운 마음에 저녁을 먹으러 밖으로 나갈 자신이 없었다. 그러나 온종일 굶었기에 어쩔 수 없이 방문을 열었다. 식판을 받고 자리에 앉는 순간 주변의 웅성거림이 들리기 시작했다. 동시에 모든 것이 두려워졌다. 커지는 불안함에 젓가락질을 멈추고 황급히 방으로 도망쳤다. 불안이 가라앉길 바라며 담요를 머리끝까지 뒤집어썼다.

'여기서 더 도망갈 수 있을까. 더 깊이 숨을 수 있으면 좋을 텐데.'

약을 받아야 하는데 나갈 자신이 없었다. 방 안을 혼자 초조하게 돌다 문 앞에 섰다. 차마 문을 열 용기가 없어 문고리를 잡고 쪼그려 앉았다. 그렇게 한 시간 정도 있었을까. 결국 나는 문을 열고 나가 간호사님에게 불안하다고 이야기했다.

간호사님이 우선 혈압부터 재자고 했다. 하지만 혈압 측정기까지 걸어갈 자신도 없었다. 조금이라도 이곳에 더 나와 있으면 쓰러질 것 같았다. 나는 도망치듯 방으로 돌아왔고 뒤따라 들어온 간호사님이 혈압과 체온을 측정한 뒤 약을 주었다.

약을 먹고 침대에 누워 불안이 가실 때까지 눈과 귀를 막았다. 한참 시간이 흐른 뒤 마침내 불안이 가라앉았다. 신기할 정도로 차분하게. 불안이 가라앉자 밥 먹는 거 하나 무서워하는 내가 바보 같아 눈물이 났다. 나를 스스로 상처

주고 화낸 것에 대해 반성했다.

가라앉은 불안에 안도감을 느끼며 이 불안이 내 잘못이 아닌 '병'임을 알 수 있었다. 내가 뭘 잘못한 게 아닌데 또 나에게 화내고 말았다. 그냥 나는 아픈 사람이었을 뿐인데. 다른 아픈 사람들은 미워하지 않으면서 왜 아픈 나는 이렇게 죽이고 싶을 정도로 미울까. 사랑하는 법을 배우기 전에 미워하지 않는 법을 알아야겠다.

내 하루하루는 살아가란 말이 잔인할 정도로 아프다. 너무 아파서 날 사랑하길 포기하고 도망가듯 죽고 싶다. 하지만 내가 여기 있는 이유, 내가 바라는 나의 삶의 마무리를 떠올리면서 도망치지 않으려 노력 중이다.

생의 단 한 순간이라도 나를 사랑하고 싶다. 그것이 나의 마지막이라 해도.

제3장

그래도 나를
포기하고 싶지는
않아요

밤에 자주 깨서인지 평소보다 늦게 일어났다. 아침은 건너뛰고 점심을 먹으러 나갔는데 다른 분들의 반찬 항의에 마음이 불편해 먹다가 급히 방에 돌아왔다. 고민하다 간호사실에 식사를 면담실에서 혼자 할 수 있을지 여쭤보았고 상의 후 알려주시겠다는 답을 받았다. 같은 이유로 저녁은 그냥 안 먹겠다고 하니 방으로 식사를 가져다주었다. 혼자 먹으니 마음이 훨씬 편했다.

하늘이 맑았다. 다시 지나가는 시간이 아쉽게 느껴졌다. 그래도 이렇게 아픈 하루를 하나씩 지워나간다고 생각하니 오히려 다행이란 생각이 들었다. 그동안 인정하지 못했는데, 나는 타인과 식사하는 것조차 힘들어하는 사람, 꿈에서조차 버려지길 두려워하는 아픈 존재였다.

전에 입원했을 때 주치의 선생님이 준 용서에 대한 글이 떠올랐다. 일기장에서 그 글과 엄마가 써준 편지를 꺼내 읽어보았다. 용서에 관한 글에는 '결국 용서라는 것이 가장 이기적인 행동이며 자신의 유약함을 받아들이는 과정'이라고 적혀 있었다. '자신을 용서한다는 건 약한 나를 인정한다는 것'이란 말을 이제야 조금 알 듯했다. **사랑하기 전에 미워하지 않는 법을 먼저 익히듯 용서하기 전에 아프고 약한 나를 인정해야 했다.** 나를 돌아보고 받아들인다는 건 이런 거겠지.

용서에 대한 글을 읽고 알았다. '용서'에는 내가 주게 될 상처와 그런 나 자신 모두를 포함해야 한다는 걸. 나만 용서해서 되는 게 아니라 내가 줄 상처까지도 용서해야 한다는 걸.

하지만 이렇게 약한 나를, 살아갈 용기도 없이 이기심에 죽을 나를 과연 타인은 용서할 수 있을까. 나는 나를 사랑해주는 사람들에게 용서받을 수 있을까.

11. 30. THU

　오늘은 거친 파도 위의 배에 탄 기분이었다. 머리가 어
지럽고 멀미도 날 것 같았다. 점심을 어렵사리 먹고 남편
이 생각나 전화했다. 남편은 출근 전에 병원에 들렀다. 함
께 간식을 먹고 병원 안을 산책했다. 날이 상당히 추워져
있었다.

　두 시간 정도의 짧은 면회를 마치고 방에 돌아오니 기분
이 싱숭생숭했다. 함께 있는 것은 좋은데 너무 지치기도 했
다. 속이 불편했다. 정말 토하고 싶지 않아 참고 참다가 결
국 얼마 되지도 않는 것들을 토해냈다. 토를 하고 나니 온
몸에 기운이 빠지고 세상이 도는 것처럼 어지러웠다.

　누군가 나를 꼭 안아줬으면 좋겠다는 생각이 들었다. 하
지만 그 마음을 누구에게도 보여줄 수 없었다. 혼자 감내해

야 하는 일이라 생각하며 이불을 끌어당겼다. 몸도 마음도
너무 아팠다. 정말 그만 아팠으면 좋겠다.

pm 1:45

큰 창으로 들어오는 햇빛을 받으며 웅크려 누워 있으니 외로움이 무엇인지 알 것 같다. 누군가가 내 이름을 부르며 "괜찮아, 곁에 있어줄게" 하고 이불을 덮어줬으면 싶다. 하지만 이 방엔 나 혼자뿐이고 설령 누군가가 있더라도 이런 모습을 보이기는 싫다. 그나마 햇볕이 따뜻해서 눈물을 참을 수 있었다. 해가 지는 것이 두렵다.

pm 8:20

하루가 지옥 같았다. 믿지도 않는 신에게 기도했다. 새 삶은 바라지도 않으니 이 아픔과 지옥에서 벗어나게 해달라고. 내가 할 수 있는 일은 그저 혼자 음악을 듣고 책을 읽는 일뿐이었다.

요즘 읽고 있는 책은 『나는 가해자의 엄마입니다』라는 회고록이다. 이 책의 지은이는 총기 난사로 13명의 사상자와 24명의 부상자를 내고 자살한 딜런 클리볼드의 엄마, 수 클리볼드이다. 그녀의 글에서는 자기 아들이 벌인 끔찍한 일에 대한 죄책감과 아들을 잃은 슬픔이 배어 나왔다.

책에서 실의에 빠진 수가 친구에게 묻는다.

"아무것도 하지 않아. 그런데 왜 이렇게 피곤하지?"

그 말에 친구가 답한다.

"아무것도 안 하는 게 아니야. 슬퍼하고 있잖아. 그건 아주 힘든 일이야."

수는 '가슴이 찢어진다'는 표현은 비유가 아닌 묘사였다며 그때의 심정을 나타냈다. 가슴에 와닿았다. 사랑하는 아들이 최악의 총기 난사 사건을 벌이고 자살한 슬픔. 감히 내가 이해하기는 힘들겠지만, 나 역시 매일 고통과 슬픔 속에 살고 있다. 매일 눈뜨면 도망갈 수 없는 현실과 괴로움이 다가오는 그 느낌을 잘 알고 있다.

얼마 전 주치의 선생님에게 내 일기장을 드렸다. 지금쯤 일기를 읽으셨을까. 이 지옥을 조금이나마 보셨을까. 주치의 선생님에게만큼은 거짓말을 하고 싶지 않다. 일기장을 드린 것도 그런 이유다. 나는 솔직해야지 하면서도 침묵이라는 수많은 거짓말을 하기에.

이곳에 있는 만큼은 이해하고 이해받기 위해 노력하고 싶다. 누군가에게 이해받고 싶다는 마음이 나약하고 이기적일지 몰라도, 혼자는 너무 외롭다.

주치의 선생님에게 빌려드린 일기장을 받았다.

"일기장은 어떠셨어요?"

"오래 입원해 계셔야 할 것 같다는 생각을 했어요. 불안
하기도 하고 안타깝기도 했어요."

그 마음 중에 '이해'는 있었을까. 나는 무슨 대답을 바랐
던 걸까.

"오늘은 무슨 생각하고 계셨어요?"

주치의 선생님이 늘 던지는 질문이었다.

"저 퇴원할까요?"

주치의 선생님은 놀란 듯 이유를 물었다.

"그냥 책도 읽을 만큼 읽은 것 같고 하루가 가는 아쉬움
보다 아픔이 더 크니까요. 이제 밖으로 나가야 할 때가 아

닐까 생각했어요."

　병원을 나가 아무도 없는 곳에서 조용히 지내다 끝내고 싶었다. 하루의 고통이 너무나 컸다. 나는 나약하고 외롭다. 나의 잘못을 인정했으니 이만하면 된 거 아닐까. 이렇게 아프고 괴로운데 나를 사랑하고 용서하는 일이 대수일까. 그냥 죽는 게 나를 위하고 사랑하는 일이 아닐까. 차라리 마지막 순간이 오면 행복할 거란 생각마저 들었다.

　"다른 건요?"

　주치의 선생님이 물었다.

　"퇴원해서요?"

　"그냥 하신 말씀이 아니셨군요."

　"제가 그냥 말하지는 않죠."

　나는 웃으며 답했다. 주치의 선생님은 이런 내 모습을 불안하게 바라보았다.

　"저번에도 물었지만 종교를 가져보는 건 어떠세요? 저도 종교를 크게 믿진 않지만, 어쩌면 스스로 자신을 용서하는 일은 절대자를 통해야 하는 걸지도 몰라요. 그만큼 자신을 용서한다는 건 어려운 일이죠."

　"종교에 대해 부정적이진 않지만 믿지도 않아요. 저는

절대자란 매개 없이 자신을 똑바로 바라보고 싶어요."

결국 용서는 나 스스로 해야 한다. 신을 믿는다 하더라도 결국 내가 해야 할 일이다. 그리고 신이 있다면 너무나 원망스러울 것 같다. 그렇게 열심히 살아온 결과가 이거냐며 울고 소리칠 것 같다. 그러고 싶지 않다. 무언가 내가 잘못했기에 지금의 결과가 온 것이다. 모두 내 잘못과 책임은 아니겠지만, 결국 내가 선택한 결과다. 내 삶은 다른 누군가 대신 살아주거나 선택해주지 않는다.

"생각은 바뀌는 거예요."

주치의 선생님이 차분하게 말했다.

"바뀐 게 지금이에요. 바꾸고 싶지도 않고요."

"그래도 저는 기다릴 수 있어요."

"제가… 제가 더 버틸 힘이 없어요."

실랑이 아닌 실랑이가 이어졌다. 포기하지 않는 주치의 선생님의 모습을 좋아했지만, 내가 더 변할 거란 생각은 들지 않았다. 주치의 선생님은 그것 또한 지금의 생각일 뿐이라고 했다.

"저랑 가까운 환자가 자살한 경험이 없어요. 의사 생활을 하면서 감사하는 일인 동시에 제 프라이드이기도 하죠.

그러니 이수연 씨도 분명 나아질 거예요."

"제가 죽으면 오점이 되는 건가요?"

"그런 걸 오점이라고 말할 수 없죠."

주치의 선생님은 안타까워했다.

누구보다도 내가 나아지길 바라는 주치의 선생님의 마음을 안다. 내게 온 힘을 다하는 것도, 진심으로 걱정한다는 것도 안다. 하지만 나는 살아가기보다 그저 이해받고 싶다. 주치의 선생님에게 생각이 아닌 내 마음을 이해받고 싶다.

기운이 빠진다. 어젯밤에는 공황발작이 심하게 왔다. 누워 있어도 나아지지 않아 간호사실에서 약을 받아먹었다. 약을 먹은 뒤에 대충 씻고 잠이 들었다.

주치의 선생님과는 퇴원 이야기를 했다. 물론 내 일방적인 의사였지만.

"왜 퇴원을 원하시죠?"

주치의 선생님이 물었다.

"주치의 선생님께서 저를 이해해주셨으면 좋겠어요. 그런데 이 대화에는 합의점이 없는 것 같아요. 저는 죽으려 하고 주치의 선생님은 살리려 하고. 같은 곳을 뱅뱅 돌 뿐이죠. 저는 주치의 선생님께서 제 생각이 아닌 마음을 이해해주셨으면 좋겠어요."

"그럼 잘못될 것을 알면서도 퇴원시키는 게 이해인가요?"

주치의 선생님 얘기가 틀리지 않는다는 걸 알지만, 속상했다. 내가 퇴원을 이야기하는 것과 이해는 다른 차원의 얘기인데, 나는 차마 그 차이를 말하지 못하고 속상한 마음에 입을 다물었다.

주치의 선생님 입장에서 나를 이해한다는 건 자살을 정당한 죽음으로 받아들인다는 뜻일지도 모른다. 직업적 의식과는 정반대되는 일이기에 갈등도 크고 어려울 것이다. 하지만 자살은 내 감정과 마음의 결과적 선택이다. 나는 주치의 선생님이 '자살하려는 환자'보다 그 환자가 가진 감정과 마음을 보아주었으면 좋겠다.

주치의 선생님은 나의 긍정적 행동에 중점을 두려고 노력했다. 당연한 일이다. 내가 반대 입장이었어도 그렇게 했을 것이다. 하지만 난 긍정에 지쳐 있었다. 그 긍정이 싫어 일부러 안 좋은 모습만 보이기도 했다. 나를 살아가게 설득시키는 사람은 나 하나만으로 족하다.

마지막으로 할 말 없느냐는 물음엔 포기하고 싶다고 답했다. 포기하고 싶다. 나 자신을 이제 그만 포기하고 싶다.

매일하는 사물 검사도, 식사 체크도, 한 시간에 한 번씩 잘 있는지 보는 것도 모두 싫다. 그냥 가만히 뒀으면 싶다. 그들에겐 당연한 일이지만, 오늘 내 마음은 그렇지 못하다. 스트레스가 크다. 그래서 더 퇴원하고 싶다. 정말 하는 일 없이 피곤하고 속상하다.

pm 12:21

매일같이 더 깊은 바닥이 있음을 느낀다. 여기가 바닥이
란 생각이 들었는데 다음 날 더 깊고 어두운 지하가 나타
났다. 놀라울 정도다. 가시를 내릴 줄 모르는 고슴도치가
된 것 같다. 상처 주는 것도, 받는 것도 무서워 혼자 외로워
하니 얼마나 바보 같은 일인가.

pm 8:40

주치의 선생님과 이해에 대한 이야기를 나눴다. 나는 속
상했던 마음을 주치의 선생님께 털어놓았다. 주치의 선생
님은 이해해보려 노력하겠다고 말했다.

"이해란 것은 뭘까요?"

내가 물었다. 주치의 선생님은 잠시 생각하더니 답했다.

"'같은 편에 서는 것'이 아닐까요?"

"주치의 선생님께서 가장 하면 안 되는 일이지 않나요?"

나는 웃었다.

"힘들면 저를 그냥 포기하셔도 괜찮아요. 여태까지 노력해오셨잖아요. 어쩌면 이해라는 것은 타인이 해줄 수 있는 게 아닌지도 몰라요. 내가 아닌 누구도 나를 다 이해할 수는 없을 테니까."

"아뇨, 제가 더 노력해볼게요. 이해가 되지 않았던 건 아니에요. 오히려 이수연 씨가 이해됐기에 아무 말도 할 수 없었던 때도 있어요. 이해돼서요."

이전의 나라면 그저 퇴원을 밀어붙였을지도 모른다. 하지만 이번엔 주치의 선생님의 말이 계속 떠올랐다. **관계는 고무줄 같아서 멀어지기도 하고, 가까워지기도 한다고.** 그 말은 나와 주치의 선생님 사이에도 적용되는 말이었다. 그래서 나는 끊어버리지 않고, 풀 수 있다면 풀어보고 싶다고 생각했다. 주치의 선생님뿐만 아니라 멀어진 그 친구도. 더 멀어질 것 같으면 지레 겁먹고 끈을 끊어버리던 나였기에, 그 친구도 그렇게 끊어버렸구나 싶었다.

같은 실수를 반복하고 싶지 않다.

벌써 금요일이다. 시간이 정말 금방 가버린다. 여전히 나는 아무것도 하지 않는데.

주치의 선생님에게 꿈 이야기를 했다.

"어제 꿈을 꿨어요. 꿈에서 주치의 선생님이 제게 '언제, 그리고 어떻게 죽을지' 물어보셨죠. 얼마 전에 제게 물은 그대로요. 저는 말하지 않을거라고 답했어요. 그러자 주치의 선생님이 '가장 위험한 말이네요' 하고 대답했죠. 마치 진짜 대화한 것 같았어요."

"꿈에서도 저는 잘하고 있군요. 다행이에요."

주치의 선생님의 농담에 나는 웃었다. 주치의 선생님은 오늘도 죽을 생각이 있느냐고 물었다. 나는 고개를 끄덕였다. 자살 생각은 습관에 가까웠다. 뭔가 죽는 방법이 한두

개는 있어야 마음이 편하달까. 주치의 선생님과의 대화는 흐르고 흘러 예전에 상담받았던 이야기까지 나왔다.

내가 처음 정신과에 간 것은 열일곱 살 때였다. 당시 엄마와 싸우고 도저히 살 수 없을 것 같은 기분이 들었다. 나는 울면서 병원에 가고 싶다고 말했다. 엄마는 그 사실을 받아들이지 못했다. 오히려 내가 약한 거라고 말했다. 결국 오빠가 엄마를 설득해서 동네의 작은 병원으로 정신과 치료를 받으러 갔다.

의사는 나이 지긋한 할아버지였다. 그는 내 이야기를 듣더니 '너 같은 애들 많이 본다'며 나를 철없고 반항적인 어린아이처럼 대했다. 상담 내내 훈계가 이어졌고, 그렇게 죽을 것 같아 찾아간 병원에서 상처만 더 받고 돌아왔다. 그 뒤로 나는 마음을 닫고 병원에 가지 않았다.

두 번째로 상담을 받았던 건 스무 살 때였다. 더는 보호자가 필요 없는 성인이 되어서 스스로 병원을 찾아갔다. 지난 상처가 있었기에 오빠가 다니던(오빠는 ADHD 치료를 받고 있었다) 병원을 소개받아 갔다. 하지만 그들 눈에 비친 나는 여전히 철없는 어린애였다. 임상심리 상담사는 내 말에 부정적 반응을 보였다. 아주 짧은 사이 잠깐 보인 그 모습이 오랫동안 기억에 남았다.

'나를 나로 안 보는구나.'

결국 반년도 되지 않아 치료를 그만두었다. 그리고 머지 않아 지금의 남편을 만났다. 그와 연애하는 동안 병원에 가지 않아도 괜찮을 만큼, 아니 그 이상으로 행복했다. 그렇게 결혼하면 '오래오래 행복하게 살았습니다'가 될 줄 알았다. 하지만 병은 더 큰 파도를 일으켜 나를 잠식했다. 마치 내가 미뤄뒀던 불행이 쏟아지기라도 하듯.

그때나 지금이나 나는 변하지 않았다. 결혼을 하고, 가족과의 관계도 개선되었으며, 직업도 있지만 나는 나다. 조금 성숙한 듯 보이지만, 그저 변한 환경에 적응했을 뿐이다.

주치의 선생님은 '나'를 바라보고 있다. 있는 그대로의 나를 바라보려고 노력한다. 때에 맞는 좋은 인연임에 분명하다. 주치의 선생님 덕분에 여기까지 올 수 있었다.

어젯밤에도 공황발작이 와서 자다가 호출 버튼을 눌렀다. 횡설수설한 기억만 나고 무슨 말을 했는지는 기억이 나지 않는다. 심장이 미친 듯이 뛰었고 불안했던 것만은 확실하다.

주치의 선생님과의 대화는 크리스마스 이야기로 시작됐다. 내가 기억하는 가족과의 마지막 크리스마스를 이야기했다.

아홉 살 크리스마스 밤, 나는 엄마와 함께 한밤중에 깨어났다. 엄마와 나는 당시 별거 중이던 아버지가 두고 간 선물을 뜯어보았다. 내 몸집의 반 정도 되는 강아지 인형이었다. 나는 인형을 별로 좋아하지 않았는데 그 인형만큼은 십 년이 넘도록 눈에 보이는 곳에 내어놓았다. 나는 아버지가 준 선물과 엄마와 둘이서 맞는 조용한 크리스마스가 너무 행복했다. 매년 크리스마스가 오늘만 같았으면 좋겠다고 생각했다. 하지만 아버지의 선물도, 가족끼리 맞이한 크리스마스도 그게 마지막이었다.

이번 크리스마스는 다시 선물을 챙기고 다 같이 식사를 하는 크리스마스가 될 수 있을까. 할 수 있다면 그렇게 보내고 싶다.

"주치의 선생님은 곧 죽는다면 무엇을 하고 싶으세요?"

내가 물었다.

"저도 이수연 씨를 이해해보려고 그런 생각을 한 적이 있어요. 아마 주변에 감사한 사람들을 한 번씩 만나지 않을까요. 술도 한 잔 마시고요. 저는 그것만 해도 일 년이 걸릴 것 같네요."

"저는 석 달이면 될 것 같아요. 엄마랑 영화관에 한번 가보고 싶기도 해요."

늘 그렇듯 나는 웃었다.

"전에는 죽기 전에 마지막으로 만날 사람을 지금은 멀어진 그 친구라고 생각했어요. 그런데 이제 그렇지는 않을 것 같아요. 상처가 될 거란 걸 아니까."

"그럼 누굴 만나실 건가요?"

"글쎄요. 아마 남편이나 엄마가 되지 않을까요."

말은 그렇게 했지만 매일 보는 남편을 제외하면 아마 주치의 선생님이 되지 않을까 생각하기도 했다. 아직도 내가 살고 싶다는 마음과 죽고 싶다는 마음속에서 결정을 내리지 못했기 때문일 것이다. 나도 모르는 내 마음을 주치의 선생님은 알아봐 줄 수 있지 않을까.

진짜 마지막은 그때가 되어봐야 알겠지. 주치의 선생님이 허락한다면 죽기 전에 다시 병원에 들어올지도 모르겠다. 그렇게 되면 좀 더 살게 되는 걸까. 나는 그것을 바라는 걸까. 모르겠다.

여전히 조용한 하루가 이어졌다. 앞으로 남은 시간을 조금 세어보았다. 분명 얼마 남지 않았는데 지나가는 하루가 아쉽다는 생각은 전혀 들지 않았다. 이상하고 신기했다. 마치 어떤 마음 하나를 졸업한 것 같은 느낌이었다. 아쉬움이 사라지니 마음이 더 가벼워져 언제든 떠날 수 있을 것만 같았다.

"퇴원하면 어떤 결과가 나올지 모두 아시는데도, 제 의사를 존중해 퇴원시키실 건가요?"

내가 마지막을 선택할 것을 알면서도 보내줄지에 대한 물음이었다. 주치의 선생님은 잠시 고민하다 입을 열었다.

"네. 아주 많은 말을 생략하자면 그래요. 답만 내놓자면요."

"제 선택이니까요?"

"그렇죠."

대답을 내놓기까지 얼마나 고민했는지 주치의 선생님의 목소리를 통해 알 수 있었다.

"왜 지금 그런 걸 물으시죠?"

"그냥 언제까지 여기 있을 수도 없고 병원 생활도 답답해서요."

주치의 선생님의 대답으로 죽음은 온전히 내 몫이 되었다. 병원에 머무는 것도 내 선택이고, 죽기 위해 나가는 것도 내 선택이다. 다른 누군가의 슬픔을 핑계 대며 사는 것도 내 선택이다. 이는 내가 가장 바라면서도 두려워한 일이다. **이제부터 나는 진짜 나의 목숨을 쥐고 스스로 선택해야 한다.** 물론 방향성은 끝에 가깝다. 딱히 우울하지 않을 때도 아무것도 하기 싫다는 생각에 죽음을 떠올린 게 한두 번이 아니다.

나는 외출을 허락해달라고 말했다. 거절할 줄 알았는데 주치의 선생님은 뜻밖에도 생각해보겠다고 말했다.

"이곳에 계신 만큼은 자살하지 않겠다고 하셨으니 그 말을 믿어볼게요."

주치의 선생님도 그 믿음에 확신이 없는 듯했지만, 나는 그 약속을 지킬 생각이다. 병원에 있는 동안은 노력하기로 했으니까. 어쨌든 내 말을 믿어준 주치의 선생님에게 감사했다. 서로에게 어느 정도 믿음이 있다는 느낌을 받았다.

외출을 나가면 조금은 덜 답답할 것 같다. 사람들을 만나고 싶진 않지만.

  외출을 다녀왔다. 밥을 먹고 커피를 마시고 평범한 데이
트를 했다. 병원으로 돌아가는 차 안에서 크리스마스날 엄
마 생신 잔치까지 합해서 다 같이 식사를 하자는 얘기가
나왔다. 나는 좋다고 말했다. 오빠에게도 그 사실을 알려
주었다. 이제는 챙길 가족이 많구나 하는 생각이 들었다.
크리스마스의 추억을 새기고, 가족을 챙기고, 안부를 묻
고……. 이제야 가지게 된 것들이다. 얼마나 소중한 일상
인지 과거를 조금만 짚어봐도 알 수 있었다.

  주치의 선생님께 감사드리는 일 중 하나가 엄마에게 편
지를 쓰고 전할 기회를 마련해준 것이다. 처음 입원했을 때
까지만 해도 나는 가족을, 엄마를 용서하지 못했다. 입원
사실도 숨기고, 나중에 알게 된 뒤에도 면회는 오지 말아

달라고 오빠를 통해 전했다. 엄마를 이해하지만, 용서는 하지 못할, 아주 깊은 상처가 계속 떠올랐기 때문이다.

중학교 때였다. 엄마가 크게 다툰 다음 날, 오빠가 왜 그렇게 엄마와 싸우느냐고, 엄마가 얼마나 힘들겠냐고 나를 타일렀다. 나는 그날 처음으로 엄마에 대한 내 마음을 털어놓았다. 아버지를 닮았다고 혼내는 것이 너무나 속상했다고. 나도 사랑받고 싶다고.

그날 새벽, 오빠는 일을 마치고 온 엄마에게 그 이야기를 하면서 나를 조금 더 챙기고 보살펴줘야 할 것 같다고, 상처를 많이 받은 것 같다고 말했다. 나는 건넛방에서 자다가 엄마가 돌아온 소리를 듣고 잠에서 깼었다. 그래서 그날의 대화를 모두 듣고 말았다.

"걔가 나한테 해준 게 뭐가 있다고. 필요도 없어. 그냥 죽어버렸으면 좋겠어."

엄마의 입에서 튀어나온 말이었다. 오빠에게, 건넛방에서 대화를 듣고 있던 내게. 나는 큰 상처를 받았다. 가장 사랑하고 사랑받고 싶은 사람에게 죽어버렸으면 좋겠다는 말을 들었다. 그 뒤로 나는 집에서 한마디도 하지 않았다. 엄마의 얼굴을 바라보는 것조차 힘들어 인사조차 하지 않았다. 그날의 아픔은 시간이 지나면서 분노가 되었고, 분노는 다시 상처로 쌓였다. 무수히 울고 싸우고 화내고 지치기를 반복했다.

엄마에게 편지를 쓰고 읽어준 날, 모든 것이 한 번에 풀리지는 않았다. 하지만 그날을 시작으로 나는 엄마를 향한 진짜 용서를 시작할 수 있었다. 이해는 하지만 용서할 수는 없다던 내가 이해와 용서를 모두 할 수 있게 되고 엄마의 마음도 알아갔다. 그 뒤 엄마에게 받은 답장을 나는 항상 지니고 있었다. 그날 엄마는 내게 미안하다고 말했다. 서로 화내기보다는 사과로 대화를 이어갔다. 내겐 아주 의미 있는 시간이었다.

돌이켜보면 주치의 선생님과의 대화로 많은 것을 얻었다. 타인을 용서하는 것과 나를 용서하는 것. 내가 바라는 것과 지금 나의 상태를 조금 더 확실하게 바라보는 것. 주치의 선생님은 가끔 나를 대하며 무력감을 느낀다고 하지만, 나는 더 깊은 나를 알아갈 수 있었다. 그건 분명 가치 있는 일이다.

12. 18. MON

눈이 온다. 아주 많이, 펑펑 쏟아져 내린다. 어제 일기에 적은 내 생각과 마음의 흐름을 떠올려보았다. 자기혐오는 따가운 여름이었고, 아쉬움은 가을이었으며, 지금의 마음은 오늘처럼 눈이 잔뜩 쌓인 겨울이다. 차갑지만 잔잔하고 조용한 마음과 풍경. 그리고 나는 따스한 봄, 혹은 그 전에 죽겠지. 자연이란 존재는 그저 오늘 하루 눈이 오는 것만으로도 많은 것을 알게 해준다.

pm 8:32

오후가 되자 눈이 그치고 해가 떴다. 남편이 면회를 와서 나갔는데, 그때 다녀가셨는지 주치의 선생님은 뵙지 못했다. 외출을 받지 못한 것과 눈이 오는 하루에 대해 이야기하지 못한 게 조금 아쉬웠다.

생각해보면 신기하다. 여름에 비가 오면 날이 서늘해지고, 겨울에 눈이 오면 따뜻해진다더니. 함께 일하던 피아니스트분이 "그런 자연을 보면 신은 참 장난꾸러기 같아요"라고 말한 게 떠올랐다. 자연은 형용할 수 없는 무언가를 가지고 있다.

다른 환자분의 제안으로 함께 병동을 걸은 지도 일주일이 되어간다. 방 안에만 있는 내게 같은 병동의 환자분이 하루에 한 시간씩 같이 걷자고 말했다. 나는 거절하지 못해 걷기 시작했다. 밖으로 나가지는 못하고 좁은 병동을 빙빙 돌았다. 좁은 병동을 빙글빙글 도는 일이 바깥의 사람에겐 얼마나 바보 같아 보일까. 그래도 그 시간이 되면 모두 함께 걷기 시작한다. 자신의 이야기를 주고받으며 걷다 보면 어느새 투약 시간이다.

투약 시간이 지나고 다른 방의 어린 동생이 내 방으로 들어왔다.

"언니, 저 퇴원해요. 언니 번호 좀 알려줄 수 있어요?"

"미안해요. 남편이 밖에서 병원 사람들 만나는 걸 싫어해서. 이제 아프지 마요."

"알겠어요. 언니, 고마웠어요."

섭섭했겠지만, 나라는 사람을 더 알아간다는 게 오히려 그 동생에게 상처가 될 것 같았다. 더 이상의 아픔은 줄이고 싶었기에 아쉬운 마음으로 연락처를 알려주지 않았다.

생각과 감정이 엉겨 붙어서 하나하나 들여다보기도 싫은 그런 하루. 오늘은 그냥 복잡한 하루다. 그런 날도 있는 거겠지. 그게 오늘일 뿐이겠지. 내일은 다를까.

주치의 선생님과 면담을 하고 오후에는 남편과 함께 외출했다. 면담 중에 주치의 선생님이 물었다.

"'의사 참 쉽다'는 말 어떻게 생각하세요?"

의외였다. 왜 이런 질문을 하나 싶었다.

"반대로 어렵다고는 생각해봤는데, 그런 식으로 생각해본 적은 없어요. 저는 죽으면 제가 작업한 작품이나 음악이 남겠지만, 주치의 선생님은 사람이 남잖아요. 얼마나 가치 있는 일이에요."

밖에 나와서야 주치의 선생님의 물음을 이해할 수 있었다. 유명 아이돌이 자살하며 유서에 '의사 참 쉽다'라고 적은 것이다. 병동 안에선 뉴스도 보지 않고 핸드폰도 사용하지 않았기에 뒤늦게 알 수 밖에 없는 사실들.

나는 주치의 선생님과의 시간을 의미 없다고 생각하지 않는다. 내가 바라보는 나와 타인이 바라보는 나를 비교할 수 있는 시간이다. 다만 자살한 연예인이 그렇게 적을 수밖에 없었던 마음을 이해할 수는 있었다. '위로'를 바란 곳에서 섣불리 '통찰'을 내밀었기 때문일 것이다. 나 역시 처음 갔던 병원에서 큰 상처를 받았다.

아프다는 것은 저주받았다는 생각이 들 정도로 받아들이기 힘들고 절망적인 일이다. 설령 진짜 저주를 받았을지라도. 그는 '스스로 문제'라는 말이 아닌 희망을, 그리고 뻔하지만 힘이 되는 위로를 가지고 싶었을 것이다.

밖에 있는 시간은 불안과의 끊이지 않는 싸움이었다. 숨이 막히고 어지럽고 불안했다. 그러나 남편이 옆에 있었기에 티를 낼 수 없었다. 밥을 먹고 책을 사는 동안 나는 몇 번이나 주저앉고 싶었는지 모른다. 그때마다 마음을 다잡고 너무 힘이 들면 살며시 벽에 기댔다. 비상약도 없었기에 그저 버티는 수밖에 없었다.

외출을 마치고 병원으로 돌아오는 차 안에서 불안은 최고조에 달했다. 나는 티를 내지 않기 위해 고개를 창가로 돌리고 혼자 있을 때의 표정을 지었다. 앞이 보이지 않았다. 당장 차 밖으로 뛰쳐나가고 싶었지만, 흘러가는 풍경처럼 이 불안도 흘러갈 것이라고 나를 달랬다. 그렇게 겨우 병원에 도착했다.

'다시 이곳이야. 안전해.'

병실에 들어서자마자 든 생각이었다. 불안을 숨기지 않아도 되고 약도 받을 수 있다는 생각에 마음이 조금 편해졌다.

다음 주면 십이월도 끝이 난다. 크리스마스에는 가족과의 식사가 잡혀 있다. 시간이 얼마 남지 않았다. 시간이 가는 게 무서울 정도다. 막상 내년이 오면 어떨까. 무서울까? 덤덤할까? 그저 하루를 보내며 생각을 적는 것 외엔 할 수 있는 게 없다.

눈이 오지 않고 흐리기만 해서 주치의 선생님이 아쉬워했다. 나는 어제 왜 '의사 참 쉽다'는 질문을 던졌는지 알았다며 그 이야기를 조금 이어서 했다. 주치의 선생님이 말했다.

"그 담당 의사는 지금 얼마나 힘들까요. 자살한 분도 그렇지만 저는 그 의사분 입장도 이해되더라고요. 자살 방법과 장소도 자세히 보도되었던데 이는 모방 자살을 유발할 수 있어 위험해요. 보도에 제재를 가해야 하는데 그렇지 못하는 게 실상이죠. 사실 유서 내용을 보며 조금 찔렸어요. 저도 이수연 씨에게 그렇게 말한 적이 있는 것 같아서요."

"그래도 저는 괜찮았어요. 그 말을 받아들일 준비가 되어 있었던 것 같아요."

주치의 선생님은 화제를 옮겨 백일 금주 이야기를 꺼냈다.

"금주 방법 중에 백일 금주가 있어요. 백일동안 금주하고 백일이 지나면 다시 일부터 시작하는 거예요. 그렇게 시간이 지나다 보면 생각이 바뀌어요. 진짜 금주를 할 수 있게 되는 거죠. 어쩌면 이수연 씨도 그와 같지 않을까요. 금주 대신 자살하지 않는 거죠. 그래서 입원해 있길 권유하는 거예요. 그렇게 버티다 보면 생각이 변할 테니까."

"하긴 병원에 입원하는 동안 생각이 조금 변하기는 했어요. 자기비하는 하지 않는 걸로요."

"이수연 씨는 생명이 왜 소중하다고 생각하세요?"

주치의 선생님이 물었다.

"돌이킬 수 없어서요."

죽은 것은 절대 살아나지 않는다. 반대로 살아 있는 것은 절대적으로 죽는다. 대체할 수 없기에 생명은 소중하다.

"그렇다면 왜 스스로의 목숨은 소중하게 생각하지 않죠?"

"소중하게 생각해요. 그러니까 수없이 고민하고 또 고민하죠. 다만 제 목숨의 가치보다 마무리되는 삶의 가치를 더 중요하게 생각하는 거죠. '살아가는 것'과 '어떠한 삶을 살고 떠났는지'는 다른 거라 생각해요."

숨만 쉬며 '살아 있는 것'과 의미 있게 '살아간다는 것'은 다르다.

"그 밖에 다른 생각들은 어떤가요?"

"제가 지난번에 퇴원한다고 했을 때, 원래는 이 즈음에 죽으려 했어요. 그런데 아직 살아 있다니, 기분이 이상하네요."

"이수연 씨 마음 다 알겠어요. 그래도 그 상태로 조금 더 지켜보도록 해요."

"왜요? 얼마나 그래야 하죠?"

"죽으면 생각이 바뀔 기회조차 없을 테니까요. 기회를 주고 싶어요. 기회가 있다고 생각하고 싶어요."

나는 '다 알겠다'는 말이 마음에 들지 않았다. '이해할 수 없으나 일단은 알겠다'라고 느꼈다. 그래도 주치의 선생님의 노력은 알고 있었기에 아무 말 하지 않았다.

"보통은 이렇게 이야기하다 보면 말들 속에서 실마리가 보여요. 그리고 풀어나갈 수 있게 되죠. 그런데 이수연 씨는 일 년이 넘게 지나도 잘 보이지 않아요. 어쩌면 이렇게 엉킨 채로 두어야 하는 사람일지도 모르겠어요."

엉킨 채로 두어야 하는 사람. 어쩌면 나란 존재는 하나의 띠와 같은 모양일지도 모르겠단 생각이 들었다. 피할 수 없는 내 모습이라면, 그게 나라면 받아들이고 싶다. 띠 같은 모습을.

12. 21. THU

어지러움 속에 푹 빠진다는 건 어떤 걸까. 휘휘 저은 음
료의 소용돌이 안에서 힘없이 돌아가는 거품이 된 것 같다.
손을 몇 번씩 씻어도 밴 냄새가 지워지지 않는다.

8:42 pm

익숙한 우울, 익숙한 생각, 익숙한 고민. 나는 깨달았다.
이게 나라는 걸. 우울하지 않고 고민하지 않고 생각하지 않
는 것은 내가 아니라고. 그냥 그래서 나구나 싶었다.

나의 이 모든 사고는 어쩌면 '병'에 의한 걸지도 모른다.
하지만 나는 일생의 반 이상을 이 병과 함께 살아왔다. 그
런 내게 '괜찮은 나'의 모습이 존재할까. 설령 존재하더라
도 그것이 진짜 나일까. 오히려 낯선 세상에 적응하지 못하

고 도태되진 않을까. 우울한 나라서 아직 살아 있는 건 아닐까.

'만약 기적이 일어난다면'이란 상담 기법을 책에서 본 적이 있다. '만약 기적이 일어난다면'은 기적이 일어나는 상황을 가정하고 스스로 변화해야 할 부분을 찾아가는 방법이다. 나는 '만약 기적이 일어난다면'이란 질문에 '행복하고 풍요로운 기분이 들 거야'라고 답했다. 일확천금을 바라거나 감당하지 못할 사랑을 바라지는 않는다. 그저 내가 세상을 느끼는 감정이 달라지기 바란 것이다.

하지만 내게 정말 기적이 일어난다면 나는 그 세상에 적응할 수 있을까. 오히려 '행복할 때 죽어야 해'라고 생각하지 않을까. 물음은 돌고 돈다.

주치의 선생님과 다음 주말 외박 이야기를 나눴다. 아직 외박은 한 번도 다녀온 적이 없어서 걱정했는데 뜻밖에 허락을 받았다. 속으로 '이런 날 뭘 믿고 허락해주는 거지?' 하는 생각이 들었지만, 내가 믿음을 배반하기 어려워한다는 건 나나 주치의 선생님, 모두 아는 일이었다.

외박 이야기와 함께 '만약 기적이 일어난다면'에 대해 이야기했다. 주치의 선생님은 내가 주변 환경을 탓하지 않고 스스로 변화할 것을 다짐했다며 그 차이를 주목했다.

"우울한 상태가 이수연 씨의 기본적인 모습이군요. 어쩌면 기분을 올려주는 마약성 약물로 자살 사고를 줄이는 것도 하나의 방법이지 않을까요. 우리나라에선 불법이지만 국외에선 시행하는 방법이기도 해요. 그런 건 어떠세요?"

주치의 선생님이 말했다.

"아뇨, 약물에 의존해서 살아가고 싶진 않아요. 그건 제가 원하는 게 아니에요. 책에서 중독에 관한 글을 읽은 적이 있어요. '중독은 자유의 주권을 중독된 매체에 빼앗기는 것'이라 말했죠. 저는 저의 목숨과 바꾼 이 자유를 그 무언가에 빼앗기고 싶지 않아요."

과연 그것을 '살아감'이라 말할 수 있을까. 다만 '죽지 않는 상태'일 뿐. 있는 그대로의 나를 받아들이고, '나'라는 존재로서 삶을 마무리하고 싶다.

"생각과 마음이 달라서 마음은 '죽고 싶어'라고 말하고 생각은 '죽고 싶지 않아'라고 말해요. 저는 그 차이를 힘들어하는 것 같아요. 그런데 생각과 마음을 분리해서 바라보니 그 차이를 받아들일 수 있을 것 같아요. 이것도 변화라고 한다면 변화겠죠?"

"네, 그렇죠. 인지와 감정, 그리고 행동 세 가지는 모두 이어져 영향을 받게 되죠. 그래도 자신을 좀 더 사랑하게 되신 것 같네요."

나를 이해하고 사랑하기. 나를 사랑해주는 주변 사람들을 생각하면 나는 계속 살아가야 한다. 끝이 없는 길을 사랑에 보답하기 위해 살아갈 것이다. 하지만 나를 가장 사랑하는 일은 이 아픈 삶을 마무리 짓는 일이다. 어쩌면 내가 나를 사랑하는 일은 해선 안 되는 일일지도 모른다.

중독에 관한 글을 적은 책의 마지막에 이런 글이 적혀 있었다.

"너무 노력해도 행복하지 않은 이유는 어쩌면 노력하지 않아도 행복할 가치가 있다는 신의 가르침일지도 모른다."

새로운 관점이었다. **노력하지 않아도, 존재만으로도 가치가 있다. 이런 나도 가치가 있다.** 머리로는 이해하면서도 아직 마음이 그러지 못했다. 행복보단 우울이 가득하고 사랑보단 미안함이 가득한 이 그릇을 어떡하라고.

흐릿한 날씨에 도저히 멀리까지 보이지 않는다. 그 사실
이 너무나 아파서 차라리 두 눈을 감았다.

pm 8:40

점심 때 가라앉았던 두드러기가 다시 심하게 올라왔다.
온몸에 벌레가 기어 다니는 듯하고 피부가 지도처럼 울긋
불긋해졌다. 특별히 먹은 것도 없는데 약을 먹어도 가라앉
지 않는다. 오늘도 푹 자기엔 글렀구나.

오후엔 남편이 면회를 왔다. 연말이라 바빠서인지 많이
피곤해 보였다. 엄마와 시어머니께 안부 전화를 드렸다. 엄
마는 이사 준비로 바쁘다고 했다. 우리 집에서 오 분 거리
로 이사하기로 했단다. 아픈 나 때문이기도 했다.

시부모님은 내가 병원에 입원해 있다는 사실을 모른다. 휴대전화가 고장 나 자주 꺼져있다고 변명하며 남편 휴대전화로만 가끔 안부 전화를 드린다. 우리가 사는 곳은 서울이고 시댁은 부산이기에 가능한 일이다. 어찌 보면 다행이다. 걱정을 끼치고 싶지는 않다.

남편과의 면회를 마치고 방에 돌아왔다. 날이 흐렸다. 마치 나와 같았다. 병원 특유의 답답함이 나를 조여왔다. 지난번엔 어떻게 이곳에 반년이나 있었는지. 시간을 보내는 법을 더 잘 알게 됐지만 답답함엔 익숙해지지 않는다.

내 일기를 다시 읽어보았다. 아무것도 하지 않는다고 말했지만, 하루하루가 의미 있었다. 성장하고 있었다. 그게 시간의 힘인 걸까. 그래서 살아 있는 게 낫게 해준다는 것일까. 하지만 내가 살아가기 위해선 '나아짐' 그 이상의 무언가가 필요하다. 살아감에 모든 것을 맡길 수 없다. 나는 참 어려운 존재다.

일단 오늘은 살아서 잠이 들어야 한다. 여러모로 괴로운 하루다.

이렇게 실감 나지 않는 크리스마스이브는 처음이다. 눈 대신 비가 왔다.

아침에는 늦게 일어났다. 밤새 두드러기 때문에 잠을 못 잤기 때문이다. 이유는 알 수 없다. 지금도 나를 괴롭히고 있다. 그나마 어제보단 심하지 않아서 참을 만하다.

요즘 읽고 있는 『자살의 해부학』이라는 책은 영국의 정신과 의사가 자살을 역사적, 문학적, 통계학적, 의학적으로 분석한 도서이다. 시와 성경, 신화 속 이야기를 많이 인용했는데, 그중 버턴이란 사람이 남긴 말이 인상적이었다.

"Vivere nolunt et mori nesciunt(살기도 싫고 죽기도 싫다)."

그는 지옥이 있다면 우울증 환자의 마음속일 거라고 했

다. 내 마음을 잘 표현한 말이었다. 살기도 싫고 죽기도 싫
다면 나는 어디에 있어야 하는 걸까. 삶과 죽음의 갈림길에
서 있는 걸까. 얼마나 긴 시간을 그곳에 있었는지. 얼마나
오랫동안 선택하지 못하고 있는지.

　할 수 있는 일이 전혀 없는데 질문들로 불행을 더하는
일. 지금 내가 하고 있는 일이다.

메리 크리스마스. 크리스마스다. 남편이 오전 일찍 병원
으로 와서 함께 외출을 다녀왔다. 오빠와 함께 엄마 집으로
가 생신 파티 겸 점심을 먹었다. 선물을 준비하지 못해 급
하게 목화꽃 한 다발을 샀다. 꽃을 받고 기뻐하는 엄마의
얼굴을 바라보니 기분이 좋으면서도 마음 한쪽이 아렸다.
이렇게 모두 모여 축하하는 자리가 오늘이 마지막일지도
모르겠단 생각이 들었다.

이사한 엄마 집은 작지만 깔끔했다. 화장실엔 욕조도 있
었다. 나와 오빠는 어릴 때 욕조가 있는 집에서 살아보는
게 꿈이었는데 드디어 욕조가 있는 집에 왔다며 장난치듯
이야기했다. 외할머니와 이모, 엄마 셋이서 살기엔 부족함
이 없는 집이었다. 얼마나 많은 일을 겪고 여기까지 왔는

지. 남들이 보면 별거 아니겠지만 나와 오빠는 진심으로 기뻐했다.

엄마 집에서 식사를 하고 케이크를 꺼냈다. 초에 불을 붙이고 생일축하 노래를 부르고 모두가 함께했다. 그 순간을 기억하고 싶어 오랫동안 서로 바라보았다. 분명 행복해야 하는데 눈물이 날 것 같았다. 내가 울지 못하는 사람이라서, 익숙하게 잘 웃어 보이는 사람이라서 다행이었다. 그 기쁜 날 혼자 갑자기 울 수 없으니까. 함께 웃어야 모두가 행복하다고 느낄 수 있을 테니까.

모두 행복했는데 나는 왜 이리 눈물이 나려는지 모르겠다. 돌아가는 우리를 문밖까지 배웅하는 엄마를 안고 사랑한다 말했다. 집은 더 가까워졌는데 엄마는 너무 멀리 있는 기분이었다. 돌아가는 발걸음이 무거웠다. 마음속으로 말했다.

'미안해, 엄마. 내가 행복을 깨서 미안하고 내가 이런 사람이어서 미안해.'

작고 당연한 일에 행복해하는 엄마를 생각하니 눈물이 뚝뚝 떨어진다.

　머리가 복잡하고 생각을 정리하기 어렵다. 저녁 식사 후 주치의 선생님과 잠시 면담을 했다. 온종일 혼자라는 외로움 속을 헤엄치다 막상 말을 하려니 뒤죽박죽이었다. 이 복잡한 마음을 어떻게 말해야 이해가 될지 전혀 감이 오지 않았다. 말하기를 포기하고 싶었다. 주치의 선생님도 나답지 않은 방식 같다고 말했다. 내가 가장 정확하게 말한 것은 '세상에 혼자 남겨진 기분'이라는 말밖에 없었다.

　어제는 멀어진 그 친구와 전화 통화를 했다. 문자만 짧게 나눴지 전화는 그날 이후 처음이었다. 우리는 다시 친구로, 그렇게 지내자고 말했다. 하지만 그 관계는 여태까지 그려온 관계와는 전혀 다른 관계였다.

　나는 그 친구에게 많이 의지했다. 어떻게 보면 유일하게 의지하고 나를 솔직하게 보인 사람이었다. 특별했다. 뭐가 그리 특별해서 그랬는진 모르지만, 그 친구도 나와 닮았다고 생각했다. 그래서 나를 이해해주리라 기대하고 바랐다. 하지만 그 친구는 내 기대를 벗어났다. 힘들다는 내 말에 화를 냈다. 그 친구도 아픈 내 모습을 보며 아팠을 것이다. 나는 내 기대에 내가 상처를 받아 그 친구로부터 도망쳤다.

내가 어제 그 친구에게 말한 '친구'라는 것은, 그러니까 앞으로 시작될 '친구'라는 관계는 서로 기대하지 않는 그런 친구를 뜻한다. 나를 보이지도, 기대지도 않는 그런 관계의 친구. '친구'라는 이름을 빌렸을 뿐 아주 다른 관계다.

나는 그 친구에 대한 기대를 완전히 지워야 했다. 나를 철저하게 숨겨야 우리는 좋은 친구 관계로 남을 수 있다. 그리고 그런 친구 관계라도 이어가길 결정한 이유는 '그 친구가 그런 관계를 원하기 때문'이었다.

"네가 그런 관계를 원하니까 나도 그렇게 노력해볼게."

그 친구에게 말했다. 내 진짜 마음은 아니었다. 결국 내가 그 친구에게 바라던 관계는 끝났다. 진짜 나를 얘기할 수 있는 사람을 잃고, 앞에서 연기해야 할 사람을 하나 얻었다. 그래서 세상에 나 혼자 남겨진 것만 같았다.

내 세상이 조금은 미웠다. 나도 내가 혼자인 거 아는데, 이렇게까지 드러내야 하느냐고. 약속이고 뭐고 당장 건물 옥상에서 뛰어내려버릴까 생각했다.

'어차피 혼자일 거 알게 뭐야. 지금도 봐. 혼자잖아. 아무도 곁에 있어 주지 않아.'

'그래도 그렇지 않겠지. 여기 있는 동안 이해받으려 노력하기로 했잖아.'

반대되는 두 생각이 부딪혔다. 끝없는 자신과의 싸움에 지쳐서 그냥 아무 말도 하지 않기로 했다. 당장 외박 나가고 싶다고 이야기했을 때 주치의 선생님이 말했다.

"세상에 혼자 남겨진 것 같다는데 어떻게 밖으로 보내요. 내일 다시 얘기해봅시다."

그 말이 약간은 위로가 되었다. 걱정해주는 것 같아서. 주치의 선생님 얘기대로 오늘은 이곳에 있는 것이 나을지도 모르겠다.

뭐라고 적어야 할까.

일부러 그런 건 아닌데, 대화를 하다 보니 생각하지 않은 방향으로 이야기가 흘렀다.

"주치의 선생님은 저를 알지만 저는 주치의 선생님의 나이조차 몰라요. 너무 일방적이고 끊어지기 쉬운 관계 같아서 회의감이 들기도 해요. 그래서, 그래서 저 혼자인 것 같아요."

"그럼 어떤 관계를 원하세요?"

주치의 선생님이 곤란하다는 듯 물었다. 나는 그저 혼자라는 생각이 덜 들었으면 싶어서 한 이야기였는데……

"글쎄요……"

나 역시 주치의 선생님의 물음에 제대로 대답하지 못

했다.

"주치의 선생님은 저를 어떻게 생각하세요?"

내가 물었다.

"더 유능한 의사가 되어야겠다고 생각하게 하는 사람이에요."

딱히 무슨 대답을 바란 것은 아니다. 그저 궁금했을 뿐. 내가 여기 있고 주치의 선생님과의 약속을 지키는 것엔 분명 이유가 있으니까. 나를 믿어주니까. 그렇다고 지금의 관계를 깰 생각도 없었다. 다만 그렇게 느낀다는 것을 말했을 뿐이다. 나는 더 나아질 수 없다고, 혼자라는 생각이 든다고. 지금 같은 관계에선 이해와 위로도 이뤄질 수 없을 거라고 말했다.

"제게 오지 않으셔도 돼요. 저는 다만 이수연 씨가 살아 있길 바랄 뿐이에요."

주치의 선생님이 말했다.

"이수연 씨가 원하는 관계를 이룬다면 살아계실 건가요?"

"모르겠어요."

정말 알 수 없어서, 모르겠다고 말했다. 주치의 선생님의

168

말은 진심이었다. 어차피 죽을 거 그런 관계든 아니든 상관하고 싶지 않았다. 어차피 끝날 관계, 하고 싶은 말은 다 하자고. 이렇게 대화할 시간도 많지 않을 거라고. 이제 정말 마지막일 것 같아서. 앞이 보이지 않으니까.

주치의 선생님은 오늘 이 이야기를 하려고 미리 준비했느냐고 몇 번을 물었다. 나는 아니라고 말했다. 설령 말하더라도 퇴원할 때 얘기하려 했다.

"만약에, 정말 만약에 제가 더는 나아질 수 없다면 제게 뭐라고 말씀하실 건가요?"

"이수연 씨가 말하는 그 느낌을 이해해요. 다만 저는 절대 포기할 수 없어요."

그 말을 듣는 순간 이해했다. 왜 내가 이해받는다는 느낌을 받지 못하는지. 의사로서 주치의 선생님은 나를 절대 포기하지 않을 것이기에 나는 절대 이해받을 수 없었다. 이해하려면 날 포기해야 하니까.

"저는 계속 솔직해지고 싶어요. 그리고 설령 제가 죽더라도 그냥 재수 좀 없었다고, 그 정도로 생각해주시면 좋겠어요."

"이수연 씨가 그렇게 말할 때면 정말 한 걸음 물러나고 싫어져요. 그런 말 하지 마세요."

나는 주치의 선생님이 만난 그저 많은 환자 중 하나라고 생각했다. 내가 죽어도 그저 그런 환자였다며 넘기면 될 거라고 생각했다. 하지만 주치의 선생님은 그렇지 않다고 말했다. 물론 아닐 거라는 것도 알고 있었다. 다만 이 끊어지기 쉬운 관계를 가볍게 여기고 싶은 내 마음 때문에 그런 말을 했다. 내 죽음의 책임을 덜고 싶어서.

결국, 여태 해온 것처럼 다른 사람의 소중한 마음에 상처를 남겼다.

죽기로 했던 날로부터 일 년 반을 더 살았다. 이 정도면 충분히 잘 치료받고 살아온 게 아닐까. 무려 일 년 반을 더 살았는데.

그날의 분위기와 감정은 아직도 잊히지 않는다. 본가에 간 남편과 거실에만 켜져 있던 불. 깜깜한 방에 혼자 멍하니 앉아 눈앞에 놓인 캔버스를 바라보며 생각에 빠진 시간. 마음속에 있던 방은 온통 노란색이었고 세상이 뒤집어져 추락할 것 같던 나. 시간이 멈춘 것처럼 얼어버린 방에서 혼자 고민하고 고민하던 시간. 죽어야겠다고, 죽어야 한다고 생각함과 동시에 떠올린 주치의 선생님과의 약속. 어차피 죽을 거면 그 약속을 한번 지키자고 생각했다. 그 약속을 지켰기에 지금까지 살아올 수 있었다.

그날 꿈에선 주치의 선생님과 내가 의지하던 그 친구가 나왔다. 나를 이해해주길 바라는 두 사람. 그 친구에게는 이제 이해를 바라지 않지만, 그때는 그랬다. 나를 알아주길 바랐다. 그 마음은 지금도 같다. 죽고 싶은 이유는 다르지만. 아니, 어쩌면 이유도 같을지 모른다. 괴로운 나날에서 벗어나고 싶은 마음, 이제는 그만 아프고 싶은 마음.

어쩌면 멀어진 친구들은 나와 가까워질수록 나를 이해하기보다 친구를 잃을지도 모르는 불안감에 휩싸였는지도 모르겠다. 지금 나와 주치의 선생님의 관계처럼. 난 그 과정을 다시 겪고 있는지도 모르겠다.

내가 마음을 연 그 누구도 나와 가까워지길 바라지 않았다. 더 가까워지면 위험할 거라고 본능적으로 느꼈을 수도 있다. 나 때문에 자신이 상처받을 수 있음을 알았을 것이다. 그래서 나는 소중한 사람일수록 나를 숨길 수밖에 없다. 진짜 내 모습을 보면 도망갈 테니까.

아파서 죽고 싶은데 죽고 싶은 마음에는 죄책감이 따라온다. 아픈 건 죄가 아닌데, 내 아픔은 죄다. 누구도 위로해주지 않는 아픔. 이해해선 안 되는 아픔.

1. 8. MON

"어느 길로 가야 할지 더는 알 수 없을 때

그때가 비로소 진정한 여행의 시작이다."

나짐 히크메트의 시 구절 중 하나이다. 내 하루가 여행 같이 느껴지는 것은 어디로 가야 할지 모르기 때문일까. 진정한 여행이란 건 이렇게 막막한 일인 걸까. 이 여행의 끝은 어디일까.

8:40 pm

외롭다는 생각이 들었다. 혼자라고 아무도 없다고.

"이수연 씨의 말에서 죄책감이 묻어나오네요. 저도 가끔은 그런 모습에 무력감을 느끼나봐요."

주치의 선생님도 생각을 많이 해봤다며 솔직하게 느낀

감정을 말했다. 어쩌면 내가 느끼는 무력감이나 주치의 선생님이 느끼는 무력감은 비슷하지 않을까.

"저는 '관계에서 오는 이해'를 지금 주치의 선생님과의 관계에서 기대했어요. 그리고 이대로라면 그 이해는 없을 거라 생각해서 솔직하게 말한 거예요. 행복은 바라지 않지만, 이해는 받고 싶었어요."

"저도 이수연 씨를 잡아야 할지, 그냥 두어야 할지 모르겠어요. 하나 확실한 것은 이해가 먼저라는 거네요. 설령 제가 이수연 씨를 잡더라도 이해가 먼저라고요."

"만약 저 같은 사람을 또 만난다면 뭐라고 말씀해주실 건가요?"

주치의 선생님은 조금 고민했다.

"이해한다고 말하고 싶어요. 그리고 도움이 되지 못해 미안하다고요."

만약 내가 그런 사람을 만나면 마음이 너무 아플 것 같았다. 나를 보는 것 같아서. 그리고 상대방이 괜찮다며 웃어 보일 것을 알기에 아무것도 묻지 않을 것이다. 주치의 선생님이 내게 느낀 미안함도 이런 걸까.

"제가 노력해서 되는 일이라면 노력할게요."

주치의 선생님이 말했다. 노력한다고 되는 일일까. 이해라는 것이. 애초에 나 스스로도 하지 못하는 것을 타인에게 바라는 것 자체가 너무 큰 욕심이지 않을까. 나는 그조차 바라서는 안 되는 사람일지도 모른다.

결국 포기하는 법을 배우는 느낌이다. 그럼에도 혹시나 하는 마음을 놓기가 힘들다. 주치의 선생님이 항상 포기할 수 없다고 말해서 나도 나를 포기하기 어려운지 모르겠다. 그 말에 자꾸 작은 기대들을 하게 된다.

외출 때 집에 다녀왔다. 고양이들을 보고 대충 끼니를 때웠다. 병원과 집이 멀어서 오래 있지는 못했다. 내일이면 외박인데 답답한 마음에 그냥 밖으로 나갔다. 병원에 돌아온 지 얼마 되지 않아 주치의 선생님을 만났다.

"석 달이 되면 퇴원해야 하나요?"

내가 물었다. 법이 바뀌어 입원 가능 기간이 여섯 달에서 석 달로 줄었다고 들었기 때문이다. 작년에 여섯 달을 머물고 퇴원한 것도 이런 까닭이었다. 물론 심사를 거쳐 여섯 달 이상 입원할 수 있지만, 대부분은 그 전에 퇴원시킨다는 말을 들었다. 나도 그랬다.

"아뇨. 자의 입원은 두 달에 한 번 연장 신청을 하면 가능해요."

나는 고민하다가 말했다.

"제가 나이가 더 많았다면, 어쩌면 다 늙은 노인이었다면 제 마음이 조금 더 이해되지 않으실까요? 제가 어리기 때문에 더 이해하기 힘든 걸지도 몰라요."

"그럴지도 모르죠."

주치의 선생님과 대화하면서 나를 이해해주길 바랐지만 쉽지는 않았다. 하지만 그런 주치의 선생님을 내가 이해하기 시작한 것은 나쁘지 않았다. '왜 나를 이해해주지 못하지' 하고 생각하다가 '이유를 찾지 못하는 것이 당연하구나' 하며 자신을 이해하는 것이다. **이해하지 못함을 이해하면서 반대로 내가 이해하게 되는 것. 새로운 방향이었다.**

"존재만으로도 가치가 있다면 제가 뭔가를 더 하지 않아도 되겠죠? 그래서 더 뭔가를 하고 싶지 않은가 봐요. 목표도 꿈도 없어요."

"잠깐 쉬어가는 것도 중요해요. 지금은 그럴 때일 뿐이에요."

저녁이 되니 병동이 조용했다. 다른 방의 어린 친구가

다른 병원으로 전원되었다는 소식을 들었다. 퇴원했다면 더 좋을 텐데. 동생은 내게 자신의 휴대전화 번호를 적은 쪽지를 주었다. 아마 연락은 하지 않을 것이다. 상처를 줄 뿐이니까. 외부에서 다른 환자를 만나지 않겠다는 주치의 선생님과의 약속도 있었다. 서로 좋을 게 없다는 것이었다. 무슨 뜻인지 충분히 알고 있었기에 그 말에 수긍했다.

나 자신은 잡힐 듯 잡히지 않는다. 살아갈 듯 살아가지 않는다. 그런 자신을 인정하고 싶다. 작은 다짐으로 하루를 마무리한다.

외박을 나와 오랜만에 공연을 보러 홍대에 갔다. 홍대의 한 라이브클럽에서 전에 같이 작업한 적 있는 아티스트분의 공연을 보았다. 공연을 보고 남아서 술을 마시는 동안 혼자 오신 다른 분과 대화를 나눴다.

"초면에 이런 거 물어도 될까 싶지만, 혹시 행복하신가요?"

그분이 내게 말했다. 우리는 방금 통성명하고 인사한 사이인데. 그분은 그냥 묻는 거라며 웃어 보였다. 그러면서 자신의 이야기를 조금 풀어놓았다.

"저는 연극 쪽 일을 하고 있어요. 오늘 공연하신 분과도 그렇게 알게 되었죠. 그런데 요즘은 행복이 뭔지 잘 모르겠어요. 그저 살아 있기에 살아가는 것 같아요. 요즘 행복하지 않아 행복이 뭘까에 대해 자주 생각해서 별 의미 없이 물은 거예요."

나는 어디까지 말할 수 있을까 고민하다 입을 열었다.

"사실 이건 비밀인데, 안 행복해요. 행복해야 하는데."

"어째서일까요?"

"그러게요."

나는 많은 말을 할 수 없어 그저 웃어 보였다. 잠시 후, 짧은 만남과 술 한 잔을 뒤로하고 나는 다시 혼자가 되었다.

처음 본 사람에게 차마 정신병원에 있다고는 말할 수 없었다. 그래서 그저 일이 바쁘다고 대답했다. 거짓말이 싫었지만, 진실은 더 싫었다. 나는 그 짧은 대화 속에서 거짓말로 나를 드러냈다. 그래도 행복하냐는 물음엔 거짓말하지 않았다. 차마 그럴 수 없었다. 그냥 내가 나에게 그러고 싶었다.

지하철을 타고 서울의 반을 돌아 집으로 오는 동안 내 삶의 무게가 느껴졌다. 무거운 무언가가 계속 나를 누르고 있었다. 술을 마셔도 가벼워지지 않는 무언가가. 오히려 술을 마실수록 도망갈 수 없는 불안이 피어올랐다. 약을 챙겨 오지 않은 게 후회스러웠다. 약이 있었다면 잠시라도 이곳에서 벗어날 수 있을 텐데. 결국은 불안이 무서워 온전히 취하지도 못한 채 하루를 보냈다.

병원에 돌아왔다. 익숙한 조용함에 다시 마음이 놓였다. 주치의 선생님에게 주말 동안 만난 멀어졌던 친구 이야기를 했다.

그 친구와 난 그렇게 수없이 연락했는데 만나기까지 많은 고민을 했다. 어디까지 말하고 보여줘야 하나 어려웠다. 그런 내 모습을 보고 친구는 먼저 자신의 마음을 꺼냈다.

"친구가 속상하게 하면 화가 나고, 좋아하는 사람이 속상하게 하면 슬퍼. 근데 네가 날 속상하게 하면 화가 나고 슬퍼. 나도 너랑 비슷해. 멀어지고 싶지 않아. 다만 네가 행복했으면 좋겠어. 내가 바라는 건 그거야. 그때도 그랬고, 지금도 그래."

친구는 말을 이었다.

"수박 겉핥기 같은 말만 하지 말고 진심을 얘기해. 네가 죽고 싶어 한다는 것도 알고 있어. 그렇게 말하지는 않지만 알아. 나는 진심으로 네가 나아졌으면 좋겠어. 이제 속 터놓고 좀 자주 보자. 이제 우리, 잃을 것도 없잖아."

의외였다. 나는 내가 이 친구에게 의지하고 있다고 생각했는데, 나만 필요로 하는 관계라고 생각했는데 그 친구에게도 내가 필요했다. 우리는 그렇게 서로의 오해를 조금 풀었다.

친구와의 대화로 마음이 조금은 홀가분해졌다. 친구는 날 위한 모든 위로와 걱정을 내게 보여주었다. 마음을 닫으려는 나 대신 먼저 자신을 보였다. 우리는 앞으로 관계가 어떻게 흘러가든 두고 보기로 했다. 다시 멀어지거나 가까워지더라도, 상처받을 것을 두려워하지 않고, 상처 줄 것을 두려워하지도 않고, 관계의 고무줄을 바라보기로 했다.

주치의 선생님은 그렇게 생각해주는 사람들을 만나면 어떤 감정이 드는지 물었다. 나는 '미안함'과 '죄책감'을 꼽았다. 이런 얘기를 들으면 남편은 내게 말할 것이다.

"그럴 땐 '미안해' 대신 '고마워'라고 하는 거야."

나는 많은 사랑을 받고 있다. 나도 이 마음에 고마움을 느끼고 싶다. 더는 미안함과 죄책감이 아닌 감사를, 그리고 행복을 느끼고 싶다.

'이 정도로 날 위하는 사람들이 많은데 살아볼 만하잖아.'

내게 말하고 싶다.

<u>스스로</u> 어떤 사람이 되고 싶은가. 아직 이렇다 할 답은 나오지 않았다. 면회를 온 남편에게도 <u>스스로</u> 어떤 사람이 되고 싶은지 물었다. 그는 어려운 질문이라며 천천히 답했다.

"글쎄, '여유로운 사람'이고 싶어. 네게 좋은 남편이자 애인이자 친구가 되고 싶기도 하고. 의지가 되는 사람이었으면 좋겠어."

의지라. 그는 분명 의지가 되는 사람이다. 다만 내가 타인에게 의지하지 못하는 사람일 뿐. 내가 이런 모습인 것은 그가 모자라서가 아니다. 내가 그런 사람이기 때문이다. 그럼에도 그는 내게 책임감을 가지고 있었다.

내가 할 수 있는 일은 소리 없이 일기장에 글을 적는 것

밖에 없다. 그 무엇도 말로는 꺼낼 수 없다. 이렇게 적어온 일기장의 끝이 벌써 다가오고 있다. 시간도 그만큼이나 지났다. 병원에서의 시간도.

지난 입원은 반년이었다. 그땐 어떻게 뭘 하면서 시간을 보냈을까. 지금은 책을 읽고 글도 쓰지만, 그것조차 하고 싶지 않을 때가 많다. 하고 싶은 것과 할 수 있는 게 없이 시간을 보낸다는 건 정말이지 버거운 일이다.

일상이 억지로 해야 하는 숙제 같다. 이 숙제들을 빨리 끝내고 싶다. 숨이 막힌다. 다들 어떻게 살아가는지, 나는 어떻게 살아왔는지 알 수 없다. 전에는 항상 바빴고 자는 시간도 아까워 서너 시간만 자곤 했다. 지금은 열두 시간을 넘게 자도 하루가 남는다. 이런 걸 권태라고 하는 걸까. 권태란 것이 이렇게 무겁고 무서운 것인가. 무언가 새로 시작할 힘조차 없는 기분. 죽음이란 단어 앞에서 모든 일이 의미를 잃어간다. 하루의 시간조차 잃어버렸다. 권태와 절망, 그 사이를 헤매고 있다. 시간으로부터 도망가고 싶다.

　외출을 나갔다가 죽고 싶다는 생각이 가득 들어 병원에
일찍 돌아왔다. 병원에 돌아와서도 그 생각이 멈추지 않아
안절부절못하며 누워 있었다.

　약 때문인지 붕 뜬 느낌이 계속 있었는데 주치의 선생님
도 그걸 느낀 듯했다. 대화에 집중하려 노력했지만 어려웠
다. 횡설수설했고, 시선은 불안정했다. 이 느낌에서 벗어나
고 싶었다. 주치의 선생님은 약을 조절해주겠다고 했다.

　"요즘은 스스로에게 어떤 사람이 되고 싶은가 고민해
요."

　"어떤 사람이 되고 싶은데요?"

　"글쎄요. 스스로를 아끼는 사람이지 않을까요."

　나는 의문으로 말을 끝냈다. 스스로를 아끼는 사람. 내가

가장 못하는 일 중 하나였다.

새벽에 불안 때문에 호흡곤란이 왔다. 그렇게 심한 것은 처음이었다. 무언가 목을 조르듯 숨이 찼고 심장은 미친 듯이 뛰었다. 죽지 않는다는 것을 알지만 죽을 것 같았다. 새벽을 그렇게 보내서인지 해가 떠도 일어나기가 힘들었다. 그러나 흐트러진 모습을 보이고 싶지 않아 몸을 억지로 일으켜 세웠다. 그 상태로 면담을 했으니 그럴 수밖에.

pm 8:05

온종일 정말 시간을 어떻게 보냈는지. 계속 산만하고 죽고 싶고 붕 뜬 느낌이었다. 내일도 이러면 정말 미쳐버릴 것 같다. 아무것도 하기 싫고, 힘이 빠지면서 산만한 느낌. 제일 싫은 느낌이다. 내일이 또 있다는 것이, 무엇을 하든 변하지 않을 거란 사실이 죽을 만큼 싫다.

약을 줄였더니 산만하고 붕 뜬 느낌이 많이 줄었다. 정말 미칠 것 같았는데 다행이다. 차라리 잠을 못 자더라도 이 느낌이 없는 게 낫다.

오늘 주치의 선생님을 만나면 약을 아예 빼달라고 말하려 했는데 만나지 못했다. 금요일에 출장을 가신다고 해서 외박을 보내달라고 말하려 했는데 그러지도 못했다. 일단 간호사실에 외박을 갈 예정이라고 얘기만 해두었다. 미리 허가를 받아야만 나갈 수 있기 때문이다.

사실 외박이 걱정이다. 나가서 무얼 해야 할지, 잘 있을 수 있을지 걱정이다. 외박 중 어제 같은 증상이 온다면 그대로 끝나버릴 것 같았다.

페루난두 페소아의 『불안의 서』라는 책에 적힌 '누군가는 감옥을 견딜 수 없는 것처럼, 나는 새로이 밝아오는 하루의 낡음을 견디기 힘들다'라는 글이 깊이 와닿았다. 내가 견디기 힘들어하는 그런 낡음이었다. 다시 내일이 온다는 것이 절망이었다. 내일을 또 살아갈 거라는 절망.

이 불안과 초조함 속을 다시 떠돌아다닌다. 이런 하루들이 모여 나의 일생을 만들어가고 있다.

제4장

이런 사람도
행복할 수 있는
자격이 있을까요

1. 19. FRI

　외박을 나가기 전, 일기를 쓴다. 나가서 뭘 해야 할지는 모르겠다. 그냥 시간이 쭉 지나버렸으면 좋겠다. 가만히 누워 있기가 어려워 계속 뒤척이며 새벽을 보냈다.

　어제 책에서 '우리는 서로를 이해하지 못하더라도, 서로를 사랑하고 있다'는 글을 보았다. 그렇다. 이해를 한다는 게 꼭 사랑한다는 뜻도 아니고, 사랑한다는 게 상대를 모두 이해한다는 뜻도 아니다. 그렇게 생각하니 '굳이 누군가에게 이해받아야만 하는가' 하는 의문이 들었다. 나는 '이해'에서 위로를 얻는다고 생각했는데, 어쩌면 이해는 그저 이해일 뿐이고 위로는 그저 위로일지도 모르겠다. 뒤늦게 이런 생각을 하면서 이런 나를 조금 더 받아들이게 되었다. 세잔의 사과처럼.

세잔은 '식량으로서의 사과'가 아닌 '사과로서의 사과'를 그림에 담아내려 했다. 사물을 인간에 의해 해석된 의미가 아닌 그 본질을 그리려 했다. 나 역시 타인의 해석에 구애받지 않는 본질적인 모습이 있다. 누군가에게 이해받아야 한다는 생각을 조금 내려놓으니 조금씩 내 본질이 보이기 시작했다. 스스로가 바라보는 나. 엉망이지만 잘 정돈된 책장 같은 모습의 나.

이해를 받는다고 외로움이 사라지진 않을 거다. **어쩌면 외로움은 혼자 느끼는 게 아니라 타인에 의해 흘러들어오는 것일지 모른다.** 혼자 외로워할 필요는 없다. 외로움은 그저 외로움뿐이다. 그렇다면 외롭지 않기 위해 무엇을 해야 할까. 어떻게 혼자가 아니라고 느낄 수 있을까. 힘든 시간 동안 누군가가 곁에 있어 준다면? 의지할 사람이 있다면? 그래도 다시 나는 이곳으로 돌아올 것이다. 결국 혼자라 느끼고.

외박도 걱정이다. 다음 주가 지나면 입원한 지 세 달이 된다. 연장을 할지, 퇴원을 할지 모르겠다. 주치의 선생님과 의논해봐야겠다.

눈이 온다. 밝은 밤, 창밖의 눈이 마치 방 안으로 쏟아지는 듯하다. 병원으로 돌아온 나는 굳이 무언가를 하지 않아도 괜찮다며 자신을 달랬다. 하늘을 뒤집은 듯 쏟아지는 눈. 나 또한 뒤집힌 느낌이다.

pm 8:30

펑펑 오던 눈이 그쳤다. 주치의 선생님과의 면담에서 주말에 무엇을 했는지 얘기했다. 글을 쓰고, 그림을 그리고, 친구들을 만났다. 시간을 보내기 위해 끊임없이 노력했다.

눈이 쌓인 창밖을 보며 주치의 선생님이 말했다.

"옥상에 데려가 달라는 말, 기억하고 있어요. 그런데 그 약속까지 지켜버리면 제가 더 할 수 있는 일이 없어질 것 같아서 그러지 못하고 있네요."

내가 전에 일기장을 드리며 한 부탁이었다. 옥상에 한 번 더 데려다 달라고. 그 이야기를 기억하고 있을까 싶었는데, 오늘 눈 내린 창밖을 보면서 주치의 선생님은 자신이 가진 불안을 얘기했다.

나는 친구 만났던 이야기를 꺼냈다.

"힘들어하는 절 보면서 자신이 무엇을 해줄 수 있을지 묻더라고요. 제가 어딘가 아픈 거면 장기도 기증해줄 수 있다면서요. 저는 그저 곁에 있어 주면 된다고 말했어요. 어쩌면 저와 주치의 선생님이 느끼는 이 무력감을 제 주변 사람들도 느끼나 봐요."

"그것 또한 사랑의 한 종류죠. 그 친구분도 이수연 씨를 사랑하는 거예요."

사랑이란 단어에 마음이 아팠다. 나를 얼마나 생각하는지 알고 있기에. 자신보다 나를 더 걱정하는 친구. **전에는 '내'가 있고 '우리'가 없었다면, 지금은 '우리'는 있지만 '내'가 없다.** 하지만 관계는 더 편해졌다. 내가 없기에.

외박 동안 날 사랑하는 많은 사람을 만났다. 내가 가진 최고의 선물들. 나는 그 모두를 내게서 지우려 한다. 왜 이 모든 것들도 나를 살아가게 하진 못하는 걸까. 진심으로 감사하고 있는데. 스스로에게조차 무력한 사람. 풍족함 속에서 가난한 마음을 가진 사람.

나도 이런 '나'이고 싶지 않다.

오늘은 날씨가 엄청나게 추웠다. 이번 주부터 한파라고 했다. 그래도 날은 맑았다. 창밖을 바라보는데 해가 조금 길어진 것을 느낄 수 있었다.

일월도 다음 주면 끝이 난다. 다음 주면 이월이 온다. 오지 않을 것 같던 날이 벌써 다가왔다. 나는 언제 이 모든 걸 끝낼 것인가 가늠해보다 포기했다. 그때의 내가 정할 일이겠지. '오늘'이라는 느낌을 주는 날이 있다. 그런 날이면 난 무언가 잡을 것을 찾는다. 입원해 있는 것도 하나의 '잡을 것'이다.

주치의 선생님은 출장으로 자리를 비웠다. 외출을 다녀온 뒤 음악을 들으며 창밖을 바라보았다. 어제 주치의 선생님과의 대화를 떠올리다 내가 죽어서 장례식이 치러진다면 어떨지 상상해보았다. 누가 올까. 다들 어떤 반응일까. 남편의 지인들과 내 가족, 친구들. 아마 모두가 내 죽음을 의아해할 것이다. 주치의 선생님도 장례식에 오실까. 어느 쪽이든 마음이 불편할 거란 것은 확실하다. 환자가 죽었으니까.

내가 없는 남편의 모습을 떠올리다 남편이 없는 나를 바꾸어 생각해보았다. 사람이 살면서 받는 큰 스트레스 중에 '배우자의 죽음'이 있단 얘기를 들은 적이 있다. 매일 전화하고 사랑한다 말하며 함께 밥을 먹고 일어나는 사람이 없다는 건 분명 큰 슬픔일 것이다. 나를 사랑한다 말하는 사람이, 날 위해 무엇이든 하는 남편이 없다는 건 생각조차 할 수 없다. 내 죽음도 그에겐 그런 의미인 걸까.

새벽 같은 날들을 보냈다. 잠이 든 것인지 깬 것인지 알 수 없이 새벽 같은 시간들. 점심이 되어서야 겨우 일어났다.

오늘 주치의 선생님과 대화하면서 어제의 마음을 꺼냈다.

"주치의 선생님은 제가 죽으면 장례식에 오실 건가요?"

주치의 선생님은 고민이 많아 보였다.

"글쎄요. 아마 그때가 되면 알지 않을까요. 어떻게 할지, 선택할 수는 있을 것 같네요."

주치의 선생님은 내게 무슨 생각인지 물었다.

"제 장례식 때 모두 어떤 모습일까 생각해봤어요. 아마 제 주변인보다 남편의 지인이 더 많겠죠. 남편은 얼마나 엉망이 되어 있을까 상상해보기도 했어요. 그리고 제게 '남편이 없다면'을 생각했어요. 상상만으로도 너무 힘들었죠."

"장례식 땐 누가 가장 슬퍼할 것 같나요?"

"첫째는 남편, 둘째는 부모님이요."

"그것이 이수연 씨에게 어떤 의미죠?"

"아파하지 않았으면 좋겠어요. 저를 사랑하고 제가 사랑한 모두가요."

대화를 나누면서 나를 향한 나의 공격성이 타인을 상처주기 위함은 아니란 사실을 알 수 있었다. 전에는 내 죽음에 누군가가 상처받길 바라기도 했다. 하지만 지금은 아니었다.

"누구도 상처받지 않았으면 좋겠어요. 그리고 그만큼 저도 이제 그만 아프고 싶어요."

하지만 이런 생각과 달리 여전히 내가 할 수 있는 일은 단 하나밖에 없다고 생각되었다. 이 아픔에서 영원히 도망가는 것. 누군가 불안을 추위와 비교했다. 그러나 우리가 마음을 단단히 먹는다고 추위가 덜해지는 것은 아니다. 그것이 인지와 감정의 차이다.

"자살 시도 후 오히려 몸과 마음이 더 아플 수도 있어요.

자살을 시도했던 분들에게 제가 자주 하는 말이죠."

　"그럼 저는 확실할 때까지 죽으려 하겠죠. 죽는 것보다 무서운 것은 그럼에도 살아 있는 거예요."

　"그렇기에 이수연 씨에겐 그 말을 하지 않았던 거예요."

　나는 오늘 마음에 날짜 하나를 새겼다. 앞으로 한 달이 조금 넘은 날, 주변을 정리해야겠다고 생각했다. 찾아오지 않을 것 같던 날이 어느새 그림자를 드리웠다. 물론 생각이 바뀔 수도 있다. 언제든지. 그래 봤자, 그래 봤자겠지만.

해가 떠 있는 시간이 좋다. 조금이나마 더 따뜻한 것 같아서. 시간은 해를 길게 만들기도 하고 내 생각을 길게 만들기도 한다.

오늘은 책을 읽다 창밖을 보며 생각에 잠기기를 반복했다. 어제의 생각이 꼬리를 물었다. 살고 싶은 나, 살기 위해 죽으려 한 나. 앞으로는 어떡해야 하는 걸까. 고민했다. 수십 번을 다시 생각해보아도 살아갈 자신은 없었다. 열심히 살아온 지난날을 떠올리며 '이만하면 됐지 않나' 하는 늙은 생각만 곱씹었다.

안정적인 생활과 사랑하는 사람과의 결혼, 그리고 행복. 항상 잃을 것이 없다며 살아온 내가 잃을 것이 너무 많아지기 시작했다. 나는 그것이 불안했다. 그래서 죽고 싶었다. 다시 놓고 싶었다. 불안, 이 불안 때문에.

주치의 선생님에게 왜 죽고 싶은지, 행복하지 않다고 생각했는지 말했다. 주치의 선생님은 실마리를 찾은 것 같다며 큰 발전이라고 했다.

"불안을 처음 느끼기 시작한 때가 언제인가요?"

"신혼여행을 마치고 돌아오던 비행기에서요. 그날 공황 발작으로 쓰러졌어요. 불안의 시작이었죠."

"처음 이수연 씨를 만나 진료할 때만 해도 그저 공황장애 환자일 거라 생각했어요. 일이 이렇게 될 거라곤 생각하진 못했죠. 그때 무엇이 불안했나요?"

"갑자기 행복이 깨어질 것만 같았어요."

내가 말했다. 주치의 선생님은 다시 물었다.

"혹시 갑자기 누군가가 없어지는 경험을 하신 적이 있나요?"

"아버지요. 그리고 엄마요. 엄마는 곁에 있었지만 '엄마'라는 역할은 갑자기 사라진 것 같았어요. 그렇게 사랑하는 가족이 갑자기 해체되어가는 모습을 보았죠. 그 경험이 제 불안의 기반이지 않나 싶어요. 그래서 누군가와 가까워지지 않으려 할 수도 있고요."

"저도 이수연 씨가 갑자기 멀어지는 느낌을 받을 때가 있었어요. 퇴원한다 하셨을 때, 장례식에 올 거냐고 물었을 때요."

나는 그렇게 나도 모르는 사이, 주변에 차가운 모습을 보이는지도 모르겠다. 곧 떠나갈 사람처럼.

"이수연 씨가 죽고 싶어 하는 것은 '차악'을 선택하는 일이었군요."

주치의 선생님이 말했다. 나의 죽음은 불안에서 도망가기 위한 '차악'이었다. 다만 도망가기 전에 나를 더 알아가고 용서하기로 한 것이다. 나를 위해 내가 할 수 있는 유일한 방법이었다.

이 모든 것이 의미 있는 일이라 믿고 싶다. 일 년 반 전, 불안 속에서 죽었다면 평생을 몰랐을 것들. 시간을 더 살아가는 동안 행복은 없었지만 스스로는 알아갈 수 있었다. 다만 이 마음을 가지고 평생을 살아가진 못할 것 같다. 끝이 정해진 일기장을 쓰는 기분이다.

　입원한 지 딱 석 달이 되는 날이다. 외박 때 남편과 함께 부산을 다녀왔다. 남편의 지인들을 만나 함께했다. 부산에서 하루를 지내고 느지막이 서울로 돌아왔다. 다섯 시간을 운전해서 겨우 집에 올라왔다.

　부산에서 남편과 관계를 맺으려 했다. 하지만 좋지 않은 기억이 떠올랐다. 거절하지 못했던 어린 날의 나. 분명 그는 다른 사람인데 내가 보고 있는 것은 그가 아니었다. 이겨내지 못할 과거. 모든 것이 두려워졌다. 다시 그때의 내가 되살아났다.

　"그만, 그만하자."

　이 말을 언제 꺼내야 할지 눈치를 보다 겨우 말했다. 끔찍한 순간이다. 남편은 따스하게 안아주었지만, 언제까지 우리가 이럴 수 있을까. 가까이 다가올 수도, 멀어질 수도 없는 관계가. 눈물이 날 정도로 우울했지만, 티를 낼 수는 없었다. 남편은 괜찮다고 말하며 자신이 곁에 있다고 말했다. 그리고 함께 살자고 말했다.

'살자.'

내게 얼마나 버거운 말인지. 나는 아무 말도 할 수 없었다. 뒤늦게 그러자는 거짓말을 하고서 그의 손을 잡았다.

어제 내린 눈으로 창밖이 하얗게 물들어 있었다. 맑은 날씨가 좋았다. 파란 하늘을 볼 때 가끔 먹먹함이 밀려온다. 내가 아주 슬펐던 어느 날에도 하늘은 속상할 정도로 파란색이었다. 그때의 기억이 가끔 하늘을 타고 오나 보다.

"예전 일을 생각하면 너무나 두려워요. 그 사람이 원망스럽기보다 저 자신을 탓하게 돼요. 내가 멍청이이고 잘못했다고. 그래서 그런 일이 있었다고요."

주치의 선생님에게 어제의 생각을 말했다. 주치의 선생님은 요즘 일어나는 미투 운동에 대해 말했지만 내겐 그럴 용기가 없었다. 입에 담는 일조차 무서웠다. 그로부터 오년이 넘는 시간이 지났지만 나는 여전히 용기 없는 사람이었다.

'정말 내 잘못이 없었을까?'

이 질문을 던질 때마다 내게도 잘못이 있었을 거라 답한다. 그래서 더 무섭다. 내 잘못이 드러날까 봐. 누군가는 그때 내가 너무 어렸다고 나를 보호하려 할 것이다. 하지만 나는 내게 묻는다. 정말 어렸기 때문이냐고, 네가 잘못한 것은 없냐고.

엄마와 영화를 한번 보고 싶다던 작은 소망을 이뤘다. 끝이 보이는 것 같아서 슬프기도 하고, 다행이기도 했다. 스크린 밖의 검은 공간을 보며 잠시 생각했다.

'마지막인 걸까. 오늘이 정말 마지막일까.'

영화 내용이 어떻든 상관없었다. 엄마는 오늘을 어떻게 기억할까. 어른이 되어 엄마와 본 첫 영화이자 마지막 영화. 엄마가 너무 슬퍼하지 않았으면 좋겠다. 지금의 나처럼. 아픈 사람은 나 하나로 족했으면 한다. 하지만 욕심이란 걸 알고 있다. 모두 아플 것이다. 그리고 내가 그렇게 상처 줄 것이다. 그 상처에서 나는 도망가고 싶을 뿐이다.

영화를 보고 엄마 집에서 저녁을 먹었다. 가족의 품이 느껴졌다. 주방에 있는 엄마와 이모, 외할머니. 두 번 다시 없을 소중한 순간들. 기억하고 싶었다. 너무 소중해서 오랫동안 기억하고 싶었다. 이월이 되니 마지막에 가까워진 느낌이다. 외박을 몇 번 하고 나면 어느새 그날이 다가올 것만 같다. 그래서 매 순간이 소중하고 슬프다. 이별할 것들이 많다.

손목의 상처들이 눈에 들어왔다. 내가 내게 남긴 흉터들. 그래서 더는 내게 상처 주지 말자고 생각했다. 내가 낸 상처보다 그 상처를 지켜보는 사람들의 마음이 더 아플 테니까.

행복하고 슬픈 하루가 지나간다. 행복이란 말을 다시 쓰지 않을 것 같았는데 달리 표현할 단어가 없다. 행복한 오늘 속에서 나는 눈물을 거둔다.

온종일 몸이 무겁고 기분이 좋지 않았다. 점심시간까지 누워 있다가 외출도 겨우 나갔다. 언제까지 여기 있어야 하나 싶었다. 주치의 선생님에게 퇴원 얘기를 꺼냈다. 주치의 선생님이 놀라며 물었다.

"혹시 제가 무슨 잘못이라도 했나요?"

괜스레 마음이 아팠다. 항상 내가 문젠데, 문제는 난데 주치의 선생님이 자신을 탓하는 것 같아 죄송했다.

"그 마음 알겠어요. 그래도 우리 일주일만 더 생각해봐요. 퇴원하면 외래 오실 건가요?"

주치의 선생님을 말없이 바라보다 대답했다.

"간다면요?"

"뜸을 너무 들였어요. 안 오실 것 같아요. 제가 잡아주길 바라는 것처럼 느껴지기도 하네요."

"저도 이제 모르겠어요. 제가 어떻게 해야 할까요?"

"천천히 생각해보기로 해요."

주치의 선생님의 퇴원 허락이 두렵기도 했다. 나를 포기하는 것 같아서. 죽고 싶으면서 살고 싶은 이 감정을 표현할 수 없어서 '퇴원'이라는 단어를 꺼냈는지도 모르겠다.

무엇이 슬픈지도 모른 채 눈물이 계속 날 것 같았다. 잘 살고 싶었는데, 누구보다 열심히 살아온 것 같은데 결국은 이런 모습이라니. 그런 생각들에 두 눈이 뜨거워졌다.

그날을 기다리지 않고 살아가고 싶다. **짧은 며칠만이라도 '살아'가고 싶다.**

2.8. THU

불안이 지나갔다. 아니, 지나갔다 하기엔 아직 손끝에 저
릿하게 남아 있다. 숨이 차고 어지러웠다. 약을 받는 동안
주저앉고 싶었지만, 최대한 괜찮아 보이기 위해 참고 참았
다. 머리가 멍해서 기운 없이 누워 있었다.

불안은 뿌리 깊은 잡초 같다고 생각했다. 뽑아버리기엔
너무 깊이 뿌리를 내린 잡초. 생각을 망치고 행동을 망친
다. 잠시 억누르는 것 외엔 할 수 있는 게 없다.

pm 8:37

주치의 선생님과 면담을 했다. 나는 다시 퇴원하고 싶지
않다고 했다. 주치의 선생님은 의외라고 했다.

"퇴원하는 게 주치의 선생님이 저를 버리는 것처럼 느껴

질까 봐 무서웠어요. 정말 혼자가 되어버릴까 봐요. 그래서 잡아주길 바라는 것처럼 느껴지셨나 봐요.".

"이수연 씨가 준비되지 않는 한, 그러지 않을 거예요. 준비되지 않은 사람을 떠밀지는 않죠. 버려질까 봐 무서워하는 것도 유기불안 중 하나예요. 다음 주부터 설인데 나가실 거죠? 설 연휴가 길어서 퇴원 후에 재입원하는 방법도 있고 외박만 길게 나가는 방법도 있어요."

"어떻게 할까요?"

"사실 계속 입원해 계셨으면 합니다. 퇴원하면 '이제 약속은 다 지켰다'며 오시지 않을 것 같거든요."

주치의 선생님은 걱정스럽게 말했다. 결국 긴 외박을 받기로 했다.

"만약에, 만약에 오늘이 저와의 마지막이라면, 제게 뭐라고 말하고 싶으세요?"

"이수연 씨가 좋아하지 않을 말이요."

주치의 선생님은 내일 다시 오겠다며 방을 나섰다. 대화 내용이 마음에 길게 남았다. 모두가 내게 하는 살아가라는 말. 주치의 선생님은 그 말을 하지 않았다. 어차피 듣지 않을 걸 안다는 듯이. 긴 시간의 대화 동안 우리는 그렇게 서로를 알아나갔다. 그리고 그 말에서 작은 배려를 느꼈다.
시간과 대화가 주는 선물이 이런 걸까.

아침 일찍 주치의 선생님이 찾아왔다. 문을 열고 아직 잘 시간이 아니냐고 물었다. 다행히 오늘은 일찍 일어나 괜찮다며 대화를 이어나갔다. 오늘이 지나면 설 연휴로 긴 외박을 나간다. 주치의 선생님은 '아직 입원 중'임을 강조했다. 걱정하는 마음을 느낄 수 있었다.

주치의 선생님은 평소처럼 무슨 생각을 하는지 물었다. 나는 예전의 상처에 대해 말을 꺼냈다. 제대로 반항도 하지 못하고 수치심에 울어야 했던 그날의 기억을.

"그때를 생각하면 '내가 정말 잘못이 없었나' 싶어 꺼내기 무서워요. 내 잘못이 드러나 버릴까 봐, 사실 내가 잘못한 일일까 봐요. 확실하게 거절하지 못한 것도 저니까. 그래서 관계를 맺을 때면 그때 거절하지 못한 제가 떠올라요.

그래서 더 관계를 맺고 싶지 않은가 봐요."

"그런 일은 상호 동의하에 벌어져야 해요. 이수연 씨는 동의하지 않으셨죠. 동의하셨다면 이렇게 상처로 남아 있지도 않겠죠. 이수연 씨는 잘못이 없어요."

동의했던가. 나는 과연 그 행동에 동의했을까. 아니었다. 무서웠고 바라지 않았다. 애초에 동의를 구하지도 않았다. 그럼에도 두려웠다.

'사실 내가 선택한 일이었다면, 이 모든 게 나의 피해의식에서 나오는 상처라면 어쩌지.'

그런 생각이 나를 뒤덮었다. 과연 내게 잘못이 없는 걸까. 나는 들추기가 무섭다. 그래서 나는 입을 다문 채 혼자서 지금까지 끌고 왔다. 주치의 선생님에게 말하지 않았다면 그게 상처이고 잘못인지도 몰랐을 것이다.

주치의 선생님은 내 잘못이 아니라고 말했지만, 나는 죄책감에서 자유롭지 못하다. 바르게 살아가려 노력했는데 곳곳이 죄책감으로 물들어 있다. 어쩌다 나는 이렇게 된 것일까.

"이수연 씨는 스스로에 대한 융통성이 부족한 것 같아요. 자신에게 너무 높은 도덕적 잣대를 대고 있는 거죠. 그게 자신을 더 힘들게 해요. 성공하는 데 필요한 요인이기도 하지만, 조금은 내려놓는 것도 필요해요."

주치의 선생님이 말했다. 내가 작은 잘못도 놓지 못하는 것은 그 때문일까. 내겐 너무 어려운 일이다. 나와 비슷한 사람에겐 위로를 건넨다. 하지만 나에게는 날을 세운다. 나는 항상 남에게는 관대하고 스스로에겐 엄한 사람이다. 어쩌면 내 천성일지도 모른다.

오랜만에 주치의 선생님을 뵈었다. 주치의 선생님은 잘 돌아왔다고 말했다. 나는 외박 동안 있었던 일들을 이야기했다. 그 중엔 멀어졌던 친구를 만난 일도 있었다.

"너는 내가 죽는다고 하면 어떡할 거야?"

그 친구가 문득 연락하더니 내게 물었다. 나는 고민하다 답했다.

"어쩔 수 없는 일이라면, 어쩔 수 없지. 정 힘들면 병원이라도 가봐."

나는 어떤 말도 할 수 없었다. 항상 내가 주변에 묻던 말이었는데, 막상 다른 사람으로부터 그 질문을 들으니 뭐라 답해야 할지 알 수 없었다. 그래서 조금은 차갑게 말했다. 덧붙여 시간이 지나면 나아질 거라고, 그때를 기다리겠다고 했다. 그러다 문득 내가 가장 부정했던 말을 친구에게 했음을 깨달았다.

'시간이 약이다.'

친구에게 한 말은 사실 나에게 하는 말이었다. 시간이 낫게 해줄 거란 말도, 죽음은 어쩔 수 없다는 말도, 병원에 가보란 말도 모두.

내 주변 사람들은 내 아픔과 상처를 따뜻하게 보듬으려 노력했다. 하지만 나는 친구에게 차갑게 대했다. 나를 보는 것 같아서. 나를 향한 차가움이 타인에게 번진 것이다.

"제가 마음에 가진 날이 있었어요. 그런데 외박 동안 그런 생각이 들었어요. 그날이 지나면 죽는다기보다 죽음에 연연하는 날들이 끝나는 게 아닐까. 그날 이미 한 번 죽은 셈이니까, 덤으로 주어진 삶을 사는 거니까."

주치의 선생님은 고개를 끄덕였다. 내가 외박을 잘 버틴 것은 돌아갈 곳이 있었기 때문이다. 작은 약속들로 이루어진 병원에서의 시간이 있었기 때문이다.

솔직히 죽음이 두렵다. 살아갈 자신은 더 없다. 병원에 돌아오니 다시 나로 돌아가는 기분이다. 죽음만이 답이라

는 나로. 다음 달이 머지않아 온다. 그것이 두렵다. 가슴이
답답하다. 긍정은 짧고 우울은 길구나.

마음을 정리하려 글을 쓴다. 무슨 단어로 마음을 표현해야 할지 모르겠다. 손끝에는 불안이 남아 있고 마음은 어지럽다. 하루, 이틀, 사흘이 지나 삶의 끝자락이 눈에 보이기 시작했다. 무엇을 하든 다시 없을 순간처럼 느껴진다.

죽음을 가늠하다 포기하기를 반복한다. 약속은 끝까지 지키지 못할 것 같다. 그래도 지금까지 지켜오려 노력했는데, 그것으로 원망을 조금이나마 덜 수 있을까.

감정이 복잡하다. 터져 나올 듯 터지지 않고 맺혀있는 느낌. 슬픔인지 불안인지 모를 느낌. 아직 시간이 있다고 생각해도 위로가 되지 않는다. 사후 세계가 있을지도 모르겠다. 없었으면 좋겠다. 아무것도 없었으면 좋겠다.

불안 뒤에는 항상 슬픔이 온다. 슬픔 뒤에는 안정이 온

다. 지금은 불안과 슬픔 사이에 있다.

주치의 선생님과는 오전에 면담했다. 퇴원을 고려할 수 있는 세 가지를 말해주었다. 감사하는가, 사랑하는가, 변화에 대한 믿음이 있는가. 어제 난 변화에 대한 믿음이 조금이나마 보인다고 말했다. 주치의 선생님은 좋아했다. 오래 보아서일까. 작은 표정 변화였지만 느낄 수 있었다.

"이수연 씨는 지금 사랑을 하고 계신가요?"

주치의 선생님이 물었다.

"글쎄요, 남편이 있으니 사랑한다 말할 수 있지 않을까요?"

"사랑한다기보다 '사랑해야 하는 것'이 아니고요?"

나는 쉽사리 대답할 수 없었다. 정말 사랑한다면 내가 죽으려 할까? 그렇게 자신을 자꾸 의심한다. 익숙한 불안과 슬픔, 그 안에 조금은 홀가분한 마음이 있었으면 좋겠다. 너무 슬프지만은 않기를.

pm 7:00

불안한 하루가 어느 정도 저물어 간다. 내일은 결혼기념일이다. 외박은 되지 않고 외출만 다녀오기로 했다. 여기선 남편에게 해줄 수 있는 것이 없어 편지를 썼다. 앞으로 잘 지내자는 편지에 얼마나 많은 거짓이 담겨 있는지는 나만이 알 수 있었다.

"네가 없으면 잠도 잘 못 자."

남편이 전에 내게 한 말이다. 그 말에 나는 아무 말도 하지 못했다. 마음이 무거웠다. 차마 나는 죽을 거라고, 함께 죽자고도 말할 수 없었다. 살아서 모두의 곁에 있는 수밖에 없었다. 사는 게 죽는 것보다 무서운데도. 이런 나를 남편도 이해해주면 좋을 텐데, 그럴 일은 없을 거다. 남편은 나를 사랑하니까.

머리가 복잡하고 어렵다. 빨리 이 일을 마무리 짓고 싶다. 답 없이 하루가 저문다.

온종일 불안했다. 괜찮다고 아무리 말해봐도 소용없다. 남편의 손을 잡고 이야기할 때면 잠시 잊을 수 있지만 벗어날 수는 없었다. 함께 있지만 혼자서 그 불안을 견뎌야 했다.

오늘은 결혼기념일이다. 병원에 온 남편은 꽃다발을 건넸다. 기념일마다 작은 꽃을 선물하는 게 우리의 작은 약속이다. 나는 거짓이 담긴 편지를 전했다. 먼 미래를 말하는 남편에게 나는 죽을 거라 말하지 못하고 그저 웃으며 고개를 끄덕였다.

차를 타고 한강을 건너는데 SOS 전화기가 보였다. 그 전화기를 보며 생각했다. 나 좀 구해달라고, 살려달라고. 차마 그 말을 입 밖으로 꺼내지 못하고 삼켰다. 눈물이 날 것 같았지만 참았다.

주치의 선생님에게 도와달라고 말하고 싶었다. 나도 이제 나를 모르겠다고. 답이 하나밖에 없다고. 그러니까 도와달라고. 주치의 선생님은 뭐라고 할까. 어떤 대답을 할까. 할 수 있는 게 없다고 안타까워하지 않을까. 아니면 이 또한 의미 있는 변화 중에 하나라며 기뻐할까.

사람들에게 속을 터놓고 말하고 싶다. 하지만 긴 시간 배워왔다. 결국 내가 스스로 견뎌야 하는 일이라고, 결국 내가 해야 하는 일들이라고. 과연 자신을 위해 내가 무엇을 할 수 있을까. 오직 나만을 위해서.

pm 8:20

자는 시간과 외출시간을 제외하곤 온종일 책만 읽었다.
나름 시간을 보내기 위한 노력이었다.

저녁 시간이 다 되었을 때 주치의 선생님이 찾아왔다.
나는 어제의 기억을 떠올리며 조심스럽게 말했다. 도와달
라고, 이런 나를 도와달라고.

"죽고 싶어 하며 슬픈 하루를 보내거나 죽는 걸 불안해
하며 살기를 바라거나. 둘 중 무엇이 되어도 답은 하나뿐인
것처럼 느껴져요. 제가 할 수 있는 일은 그것뿐인 것 같아
요."

삶을 끝내는 것. 그럼 불안도 슬픔도 없을 테니까.

"무엇이든 변할 수 있다는 믿음이 중요해요."

주치의 선생님이 말했다. 나는 내가 지금까지 많이 변화

하며 살아왔다고 생각한다. 그리고 앞으로도 변할 수 있을 거라 생각한다. 다만 방향이 긍정적이지 않다. 가장 중요한 삶에 대한 태도만큼은 변하지 않을 거라는 확신도 있다.

주치의 선생님과의 대화가 끝나갈 무렵 질문을 하려다 말았다. 그런데 주치의 선생님은 어떻게 알았는지 내가 원하는 답을 주었다.

"이곳에 오면, 제가 있을 거예요. 죽음에 대해 말하는 이수연 씨를 잡기보단 이해하고 싶어요. 이해하고 있고요."

충분했다. 잠시 스쳐 지나가는 이해한다는 말에 나는 작은 위로를 얻었다. 수없이 많은 대화와 노력 끝에 나도 '이해'라는 것을 받을 수 있는 사람이구나. 그 작은 이해와 위로가 외로움을 조금 덜어주었다.

면담을 길게 했다. 주치의 선생님은 전기경련요법(ECT)을 권유했다.

"이수연 씨를 이해해요. 이해는 하지만 포기할 수는 없어요."

그 말이 감사했다. 포기가 익숙한 나를 믿어주는 사람이 있다는 게 힘이 되었다. 나는 오랫동안 가지고 있던 물음 하나를 꺼내 보였다.

"굳이 이 마음을 가족에게 꺼내서 힘들게 만들어야 할까요?"

"이수연 씨가 짊어진 짐을 나눌 수 있을지도 모르죠. 가족분들도 마음의 준비를 할 수 있는 계기가 되지 않을까요? 제가 중간에서 잘 얘기해볼게요. 가족분들에게 말해보세요."

나는 내 짐을 스스로 지는 게 당연하다고 생각했다. 과연 가족들이 마음의 준비를 할 수 있을까. 내 마음을 이해받을 수 있을까. 내 생각은 그렇지 않았다. 가족들은 받아들일 수 없을 것이다. 소중한 사람이 언제 떠날지 모른다는 불안을 주고 싶지도 않았다.

주치의 선생님은 전기경련요법에 대해 말했다.

"지금 이 병원에선 전기경련요법을 시행하고 있지 않아요. 제가 수련했던 병원에 소개장을 써드릴게요. 그곳에서 한 달 정도 치료받고 이곳으로 다시 돌아오시는 거죠. 주삼 회씩 총 십 회 정도만 받아보는 건 어떠세요? 불편하지 않도록 제가 온 힘을 다할게요."

전에도 비슷한 제안을 한 적이 있는데 나는 전혀 관심이 없었다. 과연 그런 것으로 나아지나 싶기도 했고, 더 이상의 노력을 하고 싶지도 않았다. 무엇보다 전기경련요법조차 실패하면 정말 포기할 일밖에 남지 않을 것 같아 두려웠다.

"조금의 가능성도 없을 때 떠나는 것보다 가능성이 조금이라도 있을 때 떠나는 게 덜 아프지 않을까요? 아무 소용

없으면 어떡해요. 받고 싶지 않아요. 저는 이제 포기하고
싶어요."

"제가, 제가 후회가 남을 것 같아서 그래요."

주치의 선생님이 말했다.

"사실 전기경련요법을 권유하는 것 자체가 조금 죄송한
일이기도 해요. 제가 한 걸음 물러난다는 의미이기도 하거
든요. 그래도 할 수 있는 게 있다면 다 해보고 싶어요. 조금
이나마 가능성이 있다면 걸어봐야죠. 설령 나아지는 게 없
다고 해도 저는 포기하지 않을 거예요."

결국 생각해보겠다고 말하며 대화를 마쳤다. 나는 모든
것이 두려웠다. 나아지지 않으면 모두 나를 포기할까 봐.
만약 나아지면 정말 살고 싶어질까 봐. 어느 것 하나 이겨
낼 자신이 없었다. 나는 어떡하고 싶은 걸까.

　이월의 마지막 날, 비가 왔다. 음악을 들으며 내리는 비를 하염없이 바라보았다. 빗소리가 더 크게 들리면 좋을 텐데. 가끔 기둥에 맞아 나는 타닥거리는 소리가 전부였다.

이번 주말에는 외박을 받기로 했다. 주치의 선생님에게 거짓말을 했다. 다녀오겠다고. 마음이 너무나 아려왔다. 주치의 선생님도 말했다. 거짓말을 하려니 마음이 아프지 않으냐고.

주치의 선생님에게 미리 써둔 편지를 전했다. 비관적인 내용을 조금 바꿔서 감사했던 말들과 앞으로도 잘 부탁한다는 말을 적었다. 한 번쯤은 감사한 마음을 편지로 남기고 싶었다. 몇 번이고 고쳐 쓴 편지였다. 편지를 읽은 주치의 선생님이 저녁 때 다시 나를 찾아왔다.

"이번엔 그냥 병원에 계시죠."

"아뇨. 나갈래요. 보내주세요."

"부탁이니까, 이번 주말은 그냥 계세요. 이수연 씨도 사실은 그걸 바라실 거예요."

주치의 선생님은 걱정과 불안이 가득해 보였다. 끝없이
나를 잡았다. 결국 알겠다고 말한 뒤에야 대화를 마칠 수
있었다.

그렇게 주말 외박이 막혔다. 방으로 돌아오는 길에 마
음이 너무 복잡하고 짜증이 났다. 티를 내지 않았다면 나
갈 수 있었을 텐데. 사실 나는 이렇게라도 살고 싶었던 걸
까. 아니면 거짓말한다는 죄책감을 덜고 싶었던 걸까. 주치
의 선생님한테 거짓말을 하고 싶진 않았다. 스스로와의 약
속이기도 했다. 하지만 거짓말을 하지 않으면 밖에 나갈 수
없다. 결국 마음을 정해야 했다.

나는 어떻게 행동해야 했을까. 퇴원을 고집해야 했을까.
되돌릴 수 있다면 끝까지 나가겠다고 말하고 싶다. 이렇게
는 살 수 없다는 생각이 가득하다. 월요일이 오면 퇴원 얘
기를 꺼내봐야겠다. 머리가 아프다.

제5장

나아가지 못해도
살아갈 이유는
있습니다

외박이 취소되어 병원 안에서의 하루가 이어졌다.

"우리 둘이 계속 행복하게 살자."

면회를 온 남편이 내게 말했다. 왜 자꾸 함께 살자고 얘기하느냐고, 혹시 주치의 선생님께 들은 얘기가 있느냐고 묻자 그저 내가 요즘 많이 우울해 보여서 그렇다고 대답했다. 숨기려고 노력했는데 티가 났나 보다.

죽고 싶다는 생각은 어제보다 조금 나아졌다. 어제는 정말 아무것도 못하고 그 생각만 했다. 온 신경이 거기에만 집중되어 있는 듯했다. 그럴 때 사람들은 자살 시도를 하나 보다.

조금 진정하고 퇴원과 치료에 대해 생각해보았다. 주치의 선생님은 이미 남편에게 내가 퇴원하지 않는 게 나을 것 같다고 말했다. 누가 봐도 죽으러 가는 길로 보였을 것이다. 병원이 답답했지만 억지로 퇴원하자니 남편이 마음에 걸렸다. 주치의 선생님 말대로 조금 더 병원에서 지내야 했다.

마음의 위로는 뜻밖에도 책에서 받았다. 에밀 시오랑의 『해뜨기 전이 가장 어둡다』라는 철학 서적이었다. 실제로 에밀 시오랑은 불면증과 오랜 자살 충동에 시달렸다고 한다. 그래서인지 책에는 내적 고통과 자살, 우울함에 대한 철학적 이야기가 가득했다. 그는 우울과 자살 충동을 정상인은 볼 수 없는 아름답고 그야말로 철학적 고민이라고 말했다. 그가 말하는 죽음과 두려움, 갈망과 절망들은 내가 세상을 바라보는 눈과 많이 닮아 있었다. 그래서인지 줄어드는 페이지가 아까워 일부러 천천히 읽었다.

죽고 싶고, 죽을 거란 마음은 변하지 않았다. 포기하고 싶은 마음도. 아마 주치의 선생님은 계속 포기할 수 없다고 말할 것이다. 고민이다. 거짓말을 하고 나갈지, 솔직하게 이야기해야 할지. 전에 주치의 선생님은 고민과 고민하는 이유를 함께 말하는 것도 하나의 방법이라고 했다. 주치의 선생님이 날 포기하지 않길 바라면서도 이젠 놓아주었으면 좋겠다. 모든 마음을 솔직하게 말해봐야겠다. 그것이 하나의 방법이 될 수 있다면.

주치의 선생님과 면담을 했다. 나는 솔직함과 거짓 사이에서의 고민을 얘기했다. 주치의 선생님은 여전히 전기경련요법을 권유했다. 마음 같아선 그냥 퇴원한다고 억지로 끌고 가고 싶었다. 나는 왜 그러지 못했을까. 그게 내 진심이었을까.

"다음 주에 전기경련요법을 받으러 가고, 대신 이번 주말에 외박을 다녀올게요."

주치의 선생님은 잠시 고민하다 입을 열었다.

"이번 주에 옮기시죠. 주말 외박은 금요일에 다시 얘기해보도록 하고요."

"보내주세요."

"그거야말로 이수연 씨를 포기하는 일이에요. 지금은 이

성적 판단이 어려운 때입니다. 이수연 씨가 이성적 판단이
되지 않을 땐 제가 말려도 괜찮죠?"

"아뇨, 그냥 놓아주세요. 한 번만 포기해주세요. 저는 포
기했어요."

마음 같아선 울며 매달리고 싶었지만, 내 표정은 웃고
있었다. 웃는 것 외에는 할 수 있는 게 없었다. 지금도 숨이
막힐 것처럼 답답하다. 약을 처방해주었지만, 나아지는 건
아무것도 없다. 모든 게 비관적이다.

에밀 시오랑은 말했다.

'외롭게 산다는 것은 삶에 더는 아무것도 요구하지 않
고, 아무것도 기대하지 않는 것이다.'

'아쉬움은 변화를 가져다준다는 구실로 우리를 은밀하
게 죽음으로 몰고 가 시간의 저주스러운 의미를 밝혀준
다.'

내가 느끼는 외로움과 아쉬움까지 모두 그는 알고 있다.
내가 삶의 끝자락에 얼마나 다가왔는지. 그의 책이 그나마
위로였다. 지금도 죽음에 대한 생각은 끊이지 않는다. 벗어
날 수 없다. 나는 선택을 해야 한다.

차라리 주사라도 맞고 자면 마음이 편할까. 안 좋은 생각이 끊이지 않는다. 남편과의 전화에선 병원을 옮기기 싫다고 말했다.

병원을 옮기는 것도 싫고 내일이 오는 것도 싫다. 자는 시간이 유일하게 마음 편한 시간이다. 시간이 갈수록 자신이 없다. 포기하고 싶은 이유만 늘어간다. 구원도 없고 희망도 없다. 모든 게 귀찮다. 울 수도 없다. 최악이다.

주치의 선생님께 거짓말을 했다. 침묵이라는 거짓말을. 주치의 선생님은 느낌이 좋지 않다고 했다. 그러면서 내게 물으셨다.

"제가 이번 외박을 막을 수도 있어요. 괜찮으시죠?"

"네, 괜찮아요."

그 말도 거짓말이었다. 주말에 퇴원하고 병원을 옮겨 재입원을 할지도 논의했다. 결국 만약을 위해 입원 상태를 유지하면서 외박을 다녀온 뒤 화요일에 병원을 옮기기로 했다. 나는 걱정하는 주치의 선생님에게 마음을 전했다.

"주치의 선생님에게 받고자 하는 마음들, 충분히 받은 것 같아요. 이해해주시는 것을 알기에 전처럼 외롭지 않아요. 그래서 감사해요."

"그 마음, 계속 드릴 수 있어요. 더 원하신다면 더 드릴 수도 있어요. 살아만 계세요."

주치의 선생님은 지금 마음이 어떤지, 무슨 생각을 하는지 계속 물었다. 나는 능숙하게 대답하지 못했다.

"제가 이런 말들을 꺼내면 주치의 선생님께서 불안해하지 않을까 싶어요. 그래서 말하기가 조심스러워요."

"저도 불안해하는 모습보다 불안을 통제하는 모습을 보여야 할 것 같네요. 이수연 씨는 계속 솔직하게 말해주면 돼요."

마음을 숨기는 대화가 이어졌다. 그래서 뭔가 느낌이 좋지 않다고 생각했을지도 모르겠다.

마지막만큼은 아프거나 우울하지 않았으면 좋겠다. 아픈 나는 죄가 아니다. 스스로 목숨을 거두는 게 죄라면 지금의 삶은 죗값을 치르는 일이다. 내가 죽으면 그동안 수고했다고 말하고 싶다. 신이 있다면 이런 나까지 따뜻하게 안아주길 바란다.

내일부터 외박이다. 오후에 남편이 오기로 했고, 주치의 선생님은 출장이라 두 시쯤 오기로 했다. 외박을 오전에 외박을 나갈까 싶기도 했지만, 주치의 선생님을 만나고 나가는 게 좋을 것 같았다.

"주치의 선생님은 저한테 왜 전기경련요법을 권유하셨나요?"

주치의 선생님에게 물었다.

"이수연 씨의 말과 행동에서 이대로는 안 되겠단 생각이 들었어요."

"저는 이 치료가 걱정돼요. 나아지지 않으면 자신을 포기하는 일밖에 남지 않을 것 같아서요."

"그럼 기대 없이 다녀오세요. 조금이라도 나아지는 걸

느낄 수 있게요. 저는 이수연 씨가 나아지지 않아도 실망하거나 포기하지 않을 거예요."

그 말에 조금은 안심이 되었다.

"월요일에 돌아올게요."

반은 진심이었고, 반은 거짓이었다. 나도 아직 내 마음을 다 정하지 못했기에. 삶과 죽음 사이에서 익숙한 고민을 반복하다 보니 '숨'의 무게가 느껴졌다. 내가 내쉬는 숨이 이렇게 무거운 것이었나. 삶의 무게가 이런 걸까.

마지막 순간에는 내가 나를 사랑하길 바란다. 나를 용서하길 바란다. 이제 나는 내가 이런 존재라는 것을 인정한다. 나는 변하지 않는다. 나는 나를 인정하고 사랑하면서 동시에 증오한다. 이게 솔직한 내 모습이다. 그게 나쁘지만은 않다.

오늘의 나에게는 내일이 있다. 내일의 나도 내일이 있을까. 무엇이든 괜찮다. 마지막이라면 숨 쉬는 순간까지도 사랑하고 싶다. 모든 걸 사랑하고 용서하고 용서받길 바란다.

'죽고 싶지 않아.'

아이러니하게도 일어나자마자 든 생각이었다. 모두가 그런 걸까. 사실은 죽고 싶지 않아서 죽음을 미루고 미루다 더 미룰 수 없을 때 죽고 마는 걸까.

나는 아직도 치료를 받아볼지, 이렇게 삶을 마무리할지 고민하고 있다. 주치의 선생님에게 말한 돌아오겠다는 말도 아예 거짓이 아니었다. 그럴 마음이 정말 있었다. 죽는 것은 언제든지 할 수 있다. 하지만 죽음 이후의 시간은 없다.

오늘은 날이 그리 맑지 않았다. 구름 사이로 빛이 새어 나왔다. 하늘이 더 맑았다면 나는 죽고 싶어 했을까. 나는 언제, 왜 죽으려 하는 것일까. 마지막에 다가와서 근본적인 질문을 던진다.

'왜? 어째서?'

죽음으로써 나는 무엇을 얻는가. 불안과 우울로부터의 도피일까. 오늘 왜 나는 살고 싶다고 생각했을까. 죽음이 두려워서? 그렇다고 살아갈 용기가 있는 것도 아닌데.

주치의 선생님 말씀이 맞다. 생각과 마음은 변한다. 더 나아지기도, 그렇지 않기도 한다. 그 사이에서 변하지 않는 것은 우울과 불안, 회의감에 지쳐 내가 이 모든 걸 끝내려 한다는 사실이다.

그래, 지쳤다는 말이 맞다. 나는 이 싸움에 지쳐 포기하려 한다. 무엇보다도 죽음을 두려워하는 일에 지친다. 나는 지금까지 그 공포를 깊숙이 안고 살아왔다. 나는 삶을 포기할 수밖에 없다.

병원을 옮겨 입원했다. 그 전에 자살 시도를 했다.

자살 시도를 한 것은 지난 일요일이다. 남편이 출근하고 혼자 방에 남겨져 있었다. 날이 맑았고 창밖으로 햇빛이 살며시 들어왔다. 많은 생각은 들지 않았다. 그저 오늘이라면 끝낼 수 있을 것 같았다. 이유 모를 약간의 홀가분함. 두려움이나 절망보단 홀가분함에 가까웠다.

행거에서 옷을 모두 꺼내 한곳에 쌓아놓았다. 행거의 높은 부분에 끈을 묶고 목을 매달았다. 사실 목을 매단 순간조차 기억이 나지 않는다. 기억이 나는 건 깨어났을 때뿐이다. 나는 죽지 못했다. 숨을 거칠게 헐떡였고, 불이 들어오듯 눈앞이 밝아지기 시작했다. 상황 판단을 하는 데 시간이 조금 걸렸다. 행거가 무너진 것이다.

무슨 생각이었는지 나는 목에 묶인 끈을 풀고 바로 남편에게 전화했다. 집에 무슨 일이 생기면 항상 남편에게 전화를 걸곤 했는데, 그때도 그저 행거가 무너졌으려니 생각한 것이다. 내가 내 얼굴을 본 건 전화를 건 다음이었다.

"여보, 행거가 무너졌어."

"행거가 왜?"

"그냥. 모르겠어."

그 말과 함께 거울을 보았다. 목부터 얼굴 전체가 파랗게 멍든 사람이 거울 속에 있었다. 끈이 닿았던 자리는 검게 자국이 남아 있었고, 얼굴은 엉망이었다. 더는 거짓말을 할 수 없음을 알고 남편에게 말했다.

"사실 자살 시도했어."

"기다려."

남편은 전화를 끊고 바로 집으로 왔다. 집과 일터는 꽤 먼 거리였는데 삼십 분도 안 되어 도착했다. 내 얼굴을 본 남편은 그야말로 펑펑 울기 시작했다. 나는 울지 않았다. 그리고 남편에게 말했다.

"앞으로 한 달만 살자, 우리. 한 달 동안 마지막인 것처럼 그렇게 살자."

"너 정말 나빠. 진짜 나쁜 사람이야. 우리 살자. 나는 살고 싶어."

"미안해. 난 죽고 싶어."

더는 할 수 있는 말이 없었다. 죽고 싶은 마음을 계속 숨겨왔지만, 이젠 숨길 수 없었다. 나는 차마 거짓말조차 할 수 없는 상황이 된 뒤에야 그 말을 꺼냈다. 아마 얼굴 전체에 멍이 들지 않았다면 그 말조차 숨겼을 것이다. 그렇게 그는 내 마음을 알게 되었다.

"일단 치료부터 받자. 그리고 다시 얘기해보자."

남편이 말했다. 나는 그저 말없이 고개를 끄덕였다.

병원을 옮겨 다시 입원하는 동안 그는 내 옆에서 한시도 떨어지지 않았다. 일도 쉬면서 내 곁을 지켰다. 그렇게 월요일에 퇴원 절차를 밟고 병원을 옮겨 다시 입원했다. 소지품도 꼼꼼히 검사해서 가져갈 수 있는 짐이 많지 않았다. 가져온 짐의 반 이상이 다시 집으로 돌아갔다.

옮긴 병원은 원래 내가 있던 병원보다 작은 폐쇄병동이었다. 잠깐 외출조차 할 수 없는 곳이었다. 면회 날과 시간까지 정해져 있었다. 나는 사인실에 배정되었다. 일인실은 더 불안정한 사람들이 들어가는 곳이었다. 사인실에는 감시 카메라가 없지만 일인실에는 양 모퉁이에 하나씩 감시 카메라가 있었다.

병동은 낡고 어두웠으며 창밖이 잘 보이지 않았다. 사인실의 한쪽 벽면에 창이 크게 있었지만 열리지 않았고, 그나마 열리는 위쪽 창에는 방범 섀시가 달려 있었다. 홀에는 작은 운동 기구와 탁구대가 있었고, 책장 옆에 텔레비전이 놓여 있었다. 원래 텔레비전은 잘 보지 않는데 할 수 있는 게 없어 멍하니 텔레비전만 보았다.

화장도 할 수 없어서 푸른 얼굴이 고스란히 드러났다. 다른 환자들이 내 얼굴을 보고 왜 그렇게 되었는지 물었다. 그러곤 괜찮다고, 나아질 거라고 위로했다. 나는 웃으며 '그러게요' 하고 대답했다. 하지만 내 생각은 그렇지 않았다. 얼굴은 나아지겠지만 마음은 나아지지 않을 것이다. 그렇게 옮긴 병원에서의 짧은 하루가 지나갔다.

정말 죽을 수도 있었다. 얼마나 매달려 있었는지도 모르겠다. 그래도 후회하진 않는다. 정말 죽고 싶었으니까. 그렇게라도 해야 했으니까. 다행이란 말들이 마음에 닿지 않았다. 살아 있는 건 다행에 속하는 일이 아니었다. 다행이라면, 죽었어야 했다.

누구도 나 대신 아파해주지 않는다. 나 때문에 아플 수는 있지만, 나 대신 아프지는 않다. 결국 혼자만의 짐이다. 아무도 내 짐을 같이 들어주지 못한다. 그래서 나는 더욱이 말하고 싶지 않았다. 혼자서 짊어지고 혼자서 죽고 싶었다. 그런 나를 미워해도 어쩔 수 없는 일이라 여겼다.

어쨌든 나는 지금 살아 있다. 살아야 한다.

첫날이라 그런지 이것저것 검사를 많이 받았다. CT와 X-Ray부터 치과 진료까지 다양하게 검사했다. 모두 전기경련요법 전에 필요한 검사라고 했다.

서류에 서명하는 순간까지 이걸 해야 하나 고민했다. 서류에는 각종 경고 문구가 가득했다. 그래도 남편과의 약속이 있으니 치료를 받는 한 달간 버텨봐야지 싶었다. 서명하는 데도 시간이 꽤 걸렸다.

바뀐 주치의 선생님은 어제 뵈었고 오늘은 담당의 선생님이 상담을 진행했다. 나는 누군가에게 새로 말하는 게 싫어 짧게 대답했다. 상담실 분위기는 무거웠고, 담당의 선생님은 걱정스러운 눈빛으로 쳐다보며 연신 한숨을 쉬었다. 아마 내 얼굴 때문이었을 것이다.

같은 방을 쓰는 언니가 힘들다며 눈물을 터트렸다. 나는 손을 잡아주는 것 외엔 아무것도 하지 못했다. 희망과 나아짐을 이야기하기엔 내 마음이 그렇지 못했다. 다른 사람들은 언니 주위에 모여 따스한 위로의 말을 건넸다. 그 모습을 보니 마치 내가 방랑자가 된 기분이었다. 누구도 위로하지 못하는, 나조차 위로하지 못하는 방랑자. 어쩌다 나는 함께 눈물 흘리지도 못하는 사람이 된 걸까.

병원에 엄마가 다녀갔다는 소식을 들었다. 다행히 면회 날이 아니어서 내 얼굴을 보지는 못했다. 아마 보았다면 크게 걱정했을 것이다. 공중전화로 가서 엄마에게 전화를 걸었다.

"서명하는데 나도 해야 할지 고민이 되더라."

엄마는 내 마음을 물었다.

"글쎄, 일단 치료받아봐야 알 것 같아."

핑계에 불과한 말이었다. 엄마는 내가 자살 시도를 한 것은 아직 모르고 있는 듯했다. 언제까지 비밀로 할 수 있을까. 언젠가는 알게 될 것이다.

다음 주면 전기경련요법을 시작한다. 차라리 빨리 시작하고 끝냈으면 좋겠다. 얼굴도 나아졌으면.

　　전기경련요법은 주 삼 회씩 총 열 번을 받기로 했다. 못
해도 네 주 동안은 이 병원에서 지내야 한다. 그나마 매일
나아지는 얼굴을 보는 게 낙이다. 내가 한 짓이지만 이런
걸 낙이라고 말하다니, 우습기도 하다.

　　담당의 선생님과 긴 대화를 나눴다. 대화 도중 말없이
고민하시는 모습에 내가 물었다.

　　"무슨 고민을 하세요?"

　　"수연 님을 이해할 수 있을까, 하는 고민이요. 수연 님은
제가 수연 님을 이해할 수 있을 거라 생각하시나요?"

　　"이해하지 못하셔도 괜찮아요."

　　나를 이해해준다고 말하던 전 병원의 주치의 선생님이
떠올랐다. 긴 시간을 상담하며 얻은 값진 관계였다.

"남편분에게 책 얘기 들었어요. 책에 유서를 써놓으셨다고요."

남편은 집을 정리하다 내가 남긴 글을 발견했다. 나는 자살 시도를 하기 전에 『에드윈 슈나이드먼 박사의 심리부검 인터뷰』 맨 앞에 다음과 같이 적어두었다.

'나아질 수 없다면 그것이 저의 수명일지도 모릅니다. 모두가 소중해 이름은 남기지 않겠습니다. 나머지 책은 기증해주세요.'

담당의 선생님이 말했다.

"그 책 저도 읽어보고 싶네요. 만약 아서(자살한 책의 주인공)가 전기경련요법이나 입원을 했다면 자살을 막을 수 있지 않았을까요?"

"늦출 수는 있었겠지만 결국 자살했을 거 같아요."

"아서는 무엇이 힘들었을까요?"

"살아 있는 게 가시 위에 눕는 것 같은 기분이었다고, 그렇게 남겼어요. 살아가는 것 자체가 힘든 일이 아니었을까요."

나는 아서가 남긴 유서 내용을 빗대어 말했다. 아서가 느꼈던 가시 위에 눕는 기분. 나도 매일 눈을 뜰 때마다 느끼는 아픔이었다. 그렇기에 그가 계속 살아갔을 거라 생각하지 않는다.

폐쇄병동은 밤에도 불을 켜놓아서 잠을 제대로 자지 못했다. 피곤하다. 남편에게 말한 대로 한 달만 마지막처럼 살다 죽고 싶다. 하지만 나는 계속 병원에 있어야겠지. 나아질 수 있을 거라면서. 그런 믿음을 가져야 하는 걸까.

자살 시도 사실을 엄마도 알게 되었다. 그 얘기를 전해 들은 나는 곧바로 엄마에게 전화를 걸었다.

"어쩐지 그날 불안하더라. 병원비 생각하지 말고 치료부터 잘 받자."

다정하게 대해주는 엄마의 모습에 눈물이 날 것만 같았다. 그래도 울 수 없었다. 최대한 밝은 모습을 보이려 노력했다.

마음을 내려놓을 시간도, 장소도 없다. 그저 매일 얼굴에 멍이 얼마나 빠졌는지, 책을 얼마나 읽었는지 셀뿐이다.

처음으로 전기경련요법을 받은 날이다. 전기경련요법을 받은 뒤 안정실로 방을 옮겼다.

담당의 선생님과 함께 마취과 선생님을 기다리며 짧은 대화를 나눴다.

"불안하거나 무섭지는 않으세요?"

"그렇진 않아요. 이 치료 안 받을 거라고 우겼는데, 결국 이렇게 누워 있는 게 조금 웃기네요."

마취과 선생님이 온 뒤 치료실로 내려갔다. 이동식 침대에 누워 치료실로 가는 동안 시시때때로 변하는 천장의 풍경이 신기했다. 병실, 복도, 엘리베이터, 수술실. 이동식 침대는 덜컹거렸고, 천장은 계속 바뀌었다. 수면 마취는 신기할 정도로 빨리 잠들었다.

치료 뒤엔 머리가 아프고 목과 턱이 뻐근했다. 이상하게도 머리가 계속 아파서 병동에 올라와 두통약만 세 번을 받아먹고 잠들 수 있었다.

짧은 치료임에도 생각보다 몸에 무리가 가는 기분이었다. 처음이어서 그런가. 무언가 진득하지도 않고, 시간도 어떻게 보냈는지 모르게 흘렀다. 이 일을 앞으로 아홉 번은 더 해야 한다니, 조금은 막막하다. 거의 다섯 달을 입원 중이니 답답할 만도 하다. 어쩔 수 없겠지.

세 번째 전기경련요법을 받았다. 마취할 때마다 느끼는 어지러움이 싫었다. 긴장했었는지 깨어난 뒤에도 어지러움이 조금 남아 있었다. 혈압이 낮게 나와 몇 번이고 다시 쟀다. 담당의 선생님은 식사를 좀 더 많이 하라고 일러주었다.

오후에는 담당의 선생님과 면담을 했다. 나는 내일부터 주말인데 외출을 나가면 안 되냐고 물었다.

"경련이 늦게 올 수도 있어 외출은 삼가는 게 좋을 것 같아요."

담당의 선생님의 답변이었다. 선생님은 내가 전에 말한 『에드윈 슈나이드먼 박사의 심리부검 인터뷰』을 읽고 있다며 화제를 돌렸다. 나 때문에 책까지 읽다니 의외였다.

"책에 나온 아서와 수연 님의 차이가 있다면 무엇일까요?"

"아서는 정신과 의사가 적극적으로 개입하지 않았어요. 상담보다는 약물치료 중심으로 진행했죠. 그게 다른 점이 아닐까 싶어요. 저는 상담과 약물치료를 함께하고 있으니까요. 의사로서의 개입이 달랐다고 생각해요."

전 주치의 선생님의 절대 포기하지 않을 거란 말이 떠올랐다. 담당의 선생님에게도 주치의 선생님의 말을 전했다.

"수연 님은 좋은 의사를 만난 것 같네요."

그 말에 동의했다. 지금까지 치료를 받고 있는 이유이기도 했다. 비록 지금은 이런 모습이지만 그동안 주치의 선생님과 쌓아온 시간이 무의미하다고는 생각하지 않는다. 주치의 선생님은 나를 조금 더 돌아보고 나에 대해 생각할 수 있는 시간을 주었다.

"수연 님은 자신을 사랑할 수 있나요?"

담당의 선생님이 물었다. 대답하기 어려운 질문이었기에 조금 생각할 시간이 필요했다.

"그러기 위해 노력하고 싶어요."

나는 나를 사랑하려 노력했다. 그럼에도 나를 온전히 사

랑하지 못한 게 사실이다. 하지만 더 노력하고 싶었다. 사
랑할 수 있다면 사랑하고 싶었다. 한순간이라도 나를 사랑
했노라, 그렇게 말하고 싶었다.

모든 것이 그립다.

여덟 번째 전기경련요법을 받았다. 팔목에 주삿바늘 자국이 짙게 나 있었다. 담당의 선생님과는 이런저런 이야기를 나눴다. 그중 반은 자살에 관한 이야기였다.

"사실 수연 님은 그 누구도 수연 님을 포기하지 않길 바라는 게 아닐까요? 희망이 있다고, 나아지길 바라는 것처럼 보여요."

어느 누가 진심으로 포기하길 바랄까. 희망이 보이지 않기에 포기해 나가는 것이지. 나도 사실 나를 포기하고 싶지 않다. 살아갈 수 있다면 살아가고 싶다. 하지만 내게는 그 미래가 보이지 않는다. 포기할 수밖에 없어서 그런 극단적인 선택을 한 것이다.

"전에 계시던 병원의 주치의 선생님도, 저도 수연 님을 포기하지 않을 거예요, 자살 시도에 실패하고 바로 남편분께 전화를 드렸잖아요. 그것도 사실은 살고 싶다던 수연 님 마음이었을 거예요."

그때, 남편에게 전화하지 않고 다시 목숨을 끊으려 했다면 죽을 수도 있었다. 하지만 나는 그렇게 하지 않았다. 본능적으로 남편에게 전화를 걸었고 사실을 이야기했다. 나는 왜 남편에게 전화를 걸었을까. 정말 살고 싶었던 걸까.

"저는 우울증을 겪어보진 못했어요. 그래서 수연 님을 이해할 수 없을지도 몰라요. 그래도 이해하기 위해 노력하고 있어요. 책 속의 아서도 사실 살고 싶었을 거예요."

아서는 약을 과다섭취하고 자살했다. 사실은 살고 싶었는지도 모른다. 나 역시 그럴지도 모른다. 하지만 죽고 싶은 내 마음도 거짓이 아니었다. 어쩌면 둘 다일지도 모른다. 죽고 싶지만 누구보다 살고 싶은 마음.

긴 대화 중 이해하려고 노력한다는 말이 가장 감사했다. 하지만 누군가 나를 책임진다면 그 사람은 내가 되고 싶다. 삶과 죽음, 모두를 바라는 나. 나는 어디를 향해 가는 걸까.

오늘은 기다리던 외출 날이었다. 아침에 남편이 와서 나를 데리고 나갔다. 오랜만에 나가보는 병동 밖이었다. 함께 식사하고 엄마를 뵙기 위해 엄마가 일하는 가게로 향했다.

"이제 퇴원하면 뭐 하고 지낼 거야? 공부할래? 일? 힘들면 엄마랑 같이 살자."

엄마가 말했다. 나는 공부를 하고 싶다고 답했다. 사실 공부를 다시 하고 싶진 않았다. 그럴 의욕도, 자신도 없었다. 하지만 아무것도 하고 싶지 않다고 말할 수는 없었다. 나는 죽을 거라고 말할 수 없었다.

내가 꽁꽁 감춰 두었던 죽고 싶다는 마음을 많은 사람이 알게 되었다. 그날의 사고 하나로 많은 것이 달라졌다. 전기경련요법이 거의 끝나가는 데도 나는 달라지지 않았다.

나아질 거라 기대하지도 않았지만. 전기경련요법은 급성 우울증 환자에게 효과적인 치료라고 하는데 내 병은 이미 너무 깊게 뿌리박혀 있었는지도 모른다.

내일이면 전기경련요법도 끝난다.

전에 다니던 병원에 왔다. 남편과 여행을 다녀온 뒤 곧 바로 병원을 찾았다.

다시 만난 주치의 선생님과 자살 시도한 날의 이야기를 나눴다. 목에 아직 진한 끈 자국이 남아 있었다. 주치의 선생님도 그 흔적을 놓치지 않고 바라보았다. 전기경련요법에 대한 얘기도 나눴다. 나는 그 시간이 너무 지루했다고 말했다.

"자, 다시 시작해보죠."

주치의 선생님은 재입원을 권유했다. 이럴 줄 알고는 있었지만, 그 답답은 생각만 해도 싫었다. 하지만 내게는 선택권이 없었다. 입원하지 않으면 다시 사고를 칠 게 분명했다. 수차례 줄다리기 끝에 결국 다시 입원했다.

입원 절차를 밟기 전, 남편과 식사를 함께했다. 밥을 먹으며 남편이 물었다.

"너는 내가 죽으면 어떡할 거야?"

"죽을 거야."

"나도 그래, 나도 죽을 거야. 내 마음도 똑같아."

"상관없어."

'내'가 없는 삶은 '너'도 없다. 그렇기에 나는 '내가 없는 너'까지 책임지고 싶진 않다. 그는 그 말에 속상해했다. 알지만 어쩔 수 없었다. 그게 사실이니까.

맹목적 사고방식에 가깝지만 나는 죽음을 답으로 여기고 있다. 나는 정말 아픈 걸까? 아프기에 이런 생각을 하는 걸까? 병이 아니면 이렇게 생각하지 않을까? 주치의 선생님은 나를 이해한다고 했다. 과연 병이란 게 이해받을 수 있는 영역인지 모르겠다. 어디까지가 나의 죄고, 어디까지가 병이며, 어디까지가 정상인 걸까. 오랜 시간 풀지 못한 의문이다.

일단은 이곳에 다시 돌아왔다. 작고 네모난 방 속 파란 침상에.

오랜만에 주치의 선생님과 대화를 나눴다.

"저는 왜 살아야 할까요? 살아야 하는 이유를 생각하면 앞이 깜깜해요. 죽어야 할 이유는 많은 것 같은데."

"죽어야 하는 이유가 뭐죠?"

"일단은 더는 노력하지 않아도 된다는 거요. 살아가는 건 너무 아파요. 살아간다고 생각하지 않아야 그 아픔을 덜 수 있어요. 그래서 살고 싶지 않아요."

스스로를 포기한 날 느꼈다. 죽음에 대한 두려움도 나를 멈출 수 없다는 것을. 비록 나는 그날 남편에게 전화를 걸었지만 죽음이 무섭기보단 홀가분했다. 그렇다면 나는 왜 살아야 하는 걸까.

나는 이 관계에서 이해를 얻고 싶었다. 이해를 통한 위로를 받고 싶었다. 하지만 과연 그것들이 나를 '나아지게' 하는 걸까. 나는 분명 이해를 받고 있다고 생각하는데 나아지지는 않는다. 그럼 앞으로 나는 무엇을 기대해야 하는 걸까.

"이수연 씨와 저도 하나의 인간적 고리 관계로 묶여 있어요. 쉽게 끊어지지 않죠."

"그러니까요. 재수 없게 저랑 엮이셨네요."

주치의 선생님은 그 표현을 싫어했다.

'재수 없게.'

주치의 선생님은 그렇지 않다고, 이 관계도 소중한 관계의 일부라고 했다.

"이수연 씨의 마음을 함께 따라가고 싶어요."

나는 어떻게 하고 싶은 걸까. 내 마음의 끝에는 무엇이 있을까. 어쩌면 내가 얻을 수 있는 것은 모두 받았을지도 모른다. 주변인들로부터, 주치의 선생님으로부터. 분명 나아진 것들이 있다. 가족과의 사이도 나아졌고, 과거의 분노와 해결되지 않는 감정의 원인도 조금은 알게 되었다. 다만 앞으로는 어떨지 모르겠다.

4. 16. MON

주치의 선생님에게 퇴원하고 싶다고 말했다. 물론 받아들여지지 않았다.

"주치의 선생님은 왜 살고 싶으세요?"

주치의 선생님은 잠시 고민한 뒤 대답했다.

"일이 있고 가족도 있으니까요. 이수연 씨도 아직 재밌고 즐거운 날들이 많이 남아 있을 거예요."

"백일을 아파하고 하루를 행복할 수 있다면 누군가는 그 하루를 보며 살아가겠죠. 하지만 저는 백일을 아파하고 싶진 않아요."

주치의 선생님은 걱정스러운 표정으로 말했다.

"자살자의 반은 성공하지만, 반은 실패해요. 이수연 씨도 실패하셨잖아요. 그런데 제가 이렇게 말하면 이수연 씨는 더 확실하게 죽으려고 할 것 같아 걱정이네요. 그래도 좋았던 기억이 있지 않나요?"

"남편과의 여행은 좋았던 것 같아요."

"보통 우울증 환자들은 자신을 꾸미지 않고 내버려두곤 해요. 그런데 이수연 씨는 그러지 않으시죠. 우울증이라는 기존의 틀에서 벗어나 있어 많은 생각을 하게 만들어요. 그런 식으로 사람들이 만든 틀을 너무 벗어나지 말고 적당히 살아보는 건 어때요?"

"살아가는 사람들을 이해할 수 없어요. 이런 말하는 저를 사람들은 이해할 수 없겠죠. 제가 과연 살아갈 수 있을까요?"

"살 수 있어요. 제가 도와드릴게요."

주치의 선생님이 힘주어 말했다. 과연 나는 어떤 도움을 받을 수 있을까. 도움을 받을 수는 있을까?

나도 웃으면서 행복하게 살고 싶다. 하지만 내가 할 수 있는 일은 없다. 그래서 오늘도 침묵으로 하루를 보낸다.

주치의 선생님에게 어제 생각을 이야기하며 '왜 이렇게 되어버렸는지' 함께 알아가 보고 싶다고 했다. 주치의 선생님은 뜻밖에 길이 보이는 것 같다며 기뻐했다.

"병이란 게 다른 게 아니에요. 일찍 죽으면 병이죠. 그러니까 이수연 씨도 병인 거예요. 나아질 수 있어요."

주치의 선생님 말이 맞는다면 나도 병일 것이다. 그러나 나을 수 있을까. 상처를 내며 웃는 일. 지금 내가 하는 일이다.

오늘은 남편이 쉬는 날이라 면회를 왔다. 병원 산책을 하면서 남편과 대화를 나눴다.

"엄마는 내가 함께 살면서 공부하면 상태가 나아질 거라고 생각해. 하지만 나는 그렇지 않을 것 같아. 그냥 이대로일 것만 같아."

"엄마 말대로 지내면서 꾸준히 치료받으면 나아질 거야."

남편이 말했다. 나아질 거란 말을 얼마나 많이 듣는지…….

"죽고 싶어 하는 것도 내 모습 중 하나야. 그냥 받아들여주면 안 돼? 그런다고 내가 다른 사람에게 피해를 주는 것도 아니잖아."

"피해 주는 거 맞아. 네가 죽으면 나도 죽을 거니까."

"그렇게 말한다고 내가 안 죽는 것도 아니잖아. 어차피 언젠가 죽을 텐데. 누구나 겪어야 할 일이야."

"그래도 병이나 사고로 죽는 것과 자살은 달라."

그 차이는 나도 알고 있었다. 다만 이해받고 싶었다. 죽고 싶어 하는 나를. 왜 살아야 하는지 제대로 설명하지도 못하면서 내게 살라고 말하는 것은 지쳤다. 그 말들 속에서 나는 외로움에 잠겨버렸다.

주치의 선생님이 가족들에게 죽고 싶은 마음을 얘기해 보라고 했던 말이 떠올랐다. 그래야 가족들도 마음의 준비를 할 수 있지 않겠느냐고. 정말 가족들이 나를 놓아줄 수 있을까? 이해하지도 못하면서 준비할 수 있을까?

나는 후회 없이 살기 위해 노력했다. 그런데 아무도 내게 열심히 살아왔다고, 수고했다고 말해주지 않는다. 스스로 하는 수밖에 없다. 수고했다고. 잘해왔다고.

오늘은 일요일이라 외출을 다녀왔다. 엄마랑 남편과의 식사 자리에서 내가 앞으로 무얼 할지, 뭐를 하고 싶은지 계속 물어봤다.

"언제까지 병원에 있으려고? 병원비도 이제 부담이야. 뭐라도 해야 낫지."

"아직 뭘 할 의욕이 없어서 그래."

차마 죽고 싶다고는 말하지 못했다. 엄마는 그런 내 모습을 보며 답답해했다. 엄마는 뭔가를 계속 제안했고, 나는 말을 피했다. 결국 엄마는 화를 냈다.

병원으로 돌아가는 길에 엄마에게 전화가 왔다.

"엄마가 너무 조급하게 생각한 것 같아. 미안해, 수연 아."

아픈 내게 화를 낸 게 마음에 걸린 듯했다. 나는 괜찮다고, 이해한다고 말하며 전화를 끊었다. 그리고 고민했다. 엄마에게 솔직한 내 마음을 말해야 할지, 지금처럼 괜찮은 모습만 보일지. 물론 지금의 모습이 괜찮다는 것은 아니지만, 그래도 죽는 것보다는 나으니까.

하지만 조금 더 노력해보고 싶었다. 주치의 선생님이 수많은 대화 끝에 나를 이해한다고 말했듯이 엄마도 나를 이해해주길 바랐다. 결국은 엄마에게 솔직하게 말하기로 마음먹고 병원에 돌아와 전화를 걸었다.

"엄마."

"응, 수연아."

"엄마가 나 걱정하고 이것저것 알아보는 거 알고 있어. 고마워. 그런데 솔직히 지금 뭔가를 할 마음의 여력이 없어. 나 아직 힘들어. 병원비가 부담인 것도 알아. 나도 병원 생활이 답답할 때가 많고. 그런데 지루해도 이곳에선 힘들 때마다 보호받을 수 있어. 그게 나한테 필요한 일인 것 같아. 엄마가 앞으로의 일을 말할 때마다 나는 자신이 없어서 퇴원하기가 더 두려워."

늘 숨기기만 하던 나는 낯선 한 걸음을 내디뎠다.

"솔직하게 말해줘서 고마워. 엄마도 수연이 걱정에 스트레스를 받았나 봐. 병원비는 걱정하지 마. 수연이 마음 편한 게 먼저니까. 그래도 솔직하게 말해줘서 엄마가 좀 더 이해할 수 있게 된 것 같아. 앞으로도 이렇게 얘기하자."

"고마워, 그리고 미안해."

솔직하게 말하고 나니 마음의 부담이 조금은 준 것 같다. 지금까지 나는 숨기는 게 최선이라고 생각해왔다. 하지만 그렇지 않았다. 엄마도 내게 상처 주던 엄마의 모습이 아니었다. 예전 같았으면 약한 소리 하지 말라고 했을 텐데, 지금은 반대로 내 마음이 가장 중요하다고 말했다. 나는 사랑받고 있었다.

이제 나만 잘해나가면 된다. 지금까지 내 삶이라는 연극에는 주인공이 없었다. 모두 있는데 나만 없었다. **나도 이제 그곳에 함께 서고 싶다.**

온종일 멍하니 앉아 책만 읽었다. 주치의 선생님에게 퇴원을 이야기했다.

"이번 금요일에 퇴원할게요."

오래 입원하지 않을 거라고 미리 말했기 때문에 주치의 선생님도 놀라지 않았다.

"제가 다시 입원을 권유할지도 몰라요. 퇴원하는 대신 외래는 꼭 오셔야 해요. 그리고 이수연 씨는 항상 '좋은 환자'였어요. 앞으로도 그렇게 남길 바라요."

"긴 터널을 지나면 빛이 있을 거라고 말해주셔서 더 오래 버텨온 것 같아요. 힘들지만 의미 있는 시간이었어요. 감사해요."

"지금이 그 빛을 만나기 바로 전일지도 몰라요."

"어쩌면요."

나는 잠시 망설이다가 물었다.

"주치의 선생님은 제가 없으면 어떨 것 같나요?"

"아마 이수연 씨의 주변 사람들이 느끼는 그 감정이겠죠."

"주변 사람들은 저의 이런 모습을 보지 못해요. 제가 울수 있는 사람이면 좋을 텐데, 그렇지 못하네요. 웃으면서 힘들다고 하는 게 다니까요."

"이수연 씨도 변화하게 될 계기가 생길 거에요. 그냥 그 전까지는 가만히 살아가시면 좋겠어요."

'정상이나 비정상 너머에, 삶이나 외로움, 절망, 죽음 그 너머에 자신이 있다고 느끼는 사람들이 이 세상에서 무엇을 기대하는가?'

언제나 그렇듯 에밀 시오랑의 짧은 글귀가 내게 위안이 되었다. 이런 나를 알아줄 것만 같아서.

병원 외래를 다녀왔다. 아침까지도 병원에 가기 싫다는 나를 남편이 깨워서 억지로 끌고 갔다. 정말 가고 싶지 않았다. 이제 그만하고 싶었다.

면담은 마지막 순서였다. 주치의 선생님은 여전히 입원을 얘기했고 나는 거절했다. 내가 물었다.

"이게 과연 나아지는 건가요? 병이 맞는 걸까요?"

"전문가로서의 의견을 바라고 물어보신 거라면 네, 맞아요. 병이 맞고 나아질 거예요. 나아지지 않을 거란 생각도 우울증의 주요 증상 중 하나예요."

"그럼 주치의 선생님 개인적인 의견으로는요?"

주치의 선생님은 약간 망설였다.

"솔직히 '과연 병이 맞을까?' 하는 의문을 가진 적은 있어요. 하지만 나아질 거라 믿어요. 그래도 이수연 씨가 죽고 싶어 하는 이유는 이해돼요. 많은 대화를 하면서 이해하게 된 것 같아요."

역시 이해한다는 말은 따뜻했다. 함께 온 남편도 주치의 선생님과 면담을 했다.

"이수연 씨는 나아지지 않을 거라 말하지만 나아질 가능성이 있어요. 포기하지 않을 거예요."

주치의 선생님이 남편에게 말했다.

가능성. 내가 믿지 않는 가능성. 정말 그게 있는 걸까. 나의 우울증은 정말 병에 불과한 걸까. 내게는 보이지도 않고, 느껴지지도 않지만 주치의 선생님 말이 맞는다면 그 가능성에 조금은 나를 걸고 싶다.

정적의 시간이 좋다. 정적의 시간 속에서 무형의 글자들이 만들어지고 지워지기를 반복한다. 하루의 끝자락에서 겨우 그 시간을 가지고 있다. 오늘은 조용함과는 거리가 먼 하루였다. 복잡한 꿈도 여럿 꿨다. 분명 긴 시간을 잠들었는데도 무언가 빈 느낌이다. 바뀐 약 때문인가.

반나절을 넘게 자고 일어난 뒤 엄마의 가게로 가서 일을 도왔다. 일이 끝난 뒤에는 저녁을 함께 먹으며 맥주를 마셨다. 엄마는 내게 지난 이야기들을 들려주었다.

고등학교 때 상고를 다녔던 엄마는 성적은 좋았지만 좋은 곳에 취업하지는 못했다. 만족스럽지 못한 일자리에 여러 번 이직을 했고, 그러다 아버지를 만나 결혼했다. 이혼한 뒤에는 취업을 위해 공부하면서 지금의 가게 일을 시작했다. 늦었다고 생각했지만 그래도 언제나 길이 있었다면 내게도 잘 선택해보라고 조언했다.

엄마를 만난 지 이십 년이 훨씬 지나고 나서야 엄마의 삶에 대해 보고 듣기 시작했다. 엄마는 내 상처를, 나는 엄마의 인생을 새롭게 알아가고 있다. 이런 시간을 갖지 못하고 떠났다면 나는 평생 가족의 소중함을 몰랐을 것이다.

나는 실패가 두렵다. 그런데 사실 그렇게 두려워할 일이 아닐지도 모른다. 누구나 실수는 한다. 그래도 나처럼 겁내면서 피하지는 않는다. 머잖아 선택을 해야 하는 시간이 온다. 피할 수 없는 시간이. 일을 계속할 것인가, 포기할 것인가. 전에 다니던 일터에 연락을 주기로 한 날이 다가오고 있다.

퇴원을 한 건 잘한 일인 것 같다. 아무것도 못하고 있지만 어쨌든 시간은 흐르고, 내가 그렇게 끔찍하게 여기던 '앞으로'를 고민하고 있기도 하다.

여러 갈래의 실이 흩어졌다가 모이길 반복한다. 아직은 그 과정이 무엇이 될지 잘 모르겠다. 그토록 아니라고 말해왔지만, 사실 모든 건 시간이 해결해주는 게 아닐까. 잠시 이 모든 것이 흘러가는 대로 두고 싶다. 그 끝이 어디인지 확인하고 싶다. 이것도 하나의 변화라면 변화겠지.

지금에 집중하며 눈을 감는다. 무엇이든 이룰 수 있도록.

느지막이 일어나 엄마 일을 도와드리러 갔다. 엄마와 긴긴 대화를 나눴다.

내가 요즘 배우는 것 중 하나다. **솔직하게 말하기. 안 괜찮다고, 힘들다고 말하기.** 나는 내가 솔직하게 말하면 세상이 무너질 줄 알았다. 그래서 항상 괜찮아야 했다. 엄마를 위해, 나를 위해. 그런데 이제 솔직하게 말할 수 있다. 엄마는 말한다. 내 마음이 가장 중요하다고. 일단은 나만 생각하라고. 일이 하고 싶지 않으면 하지 말고 마음 편하게 생각하라고. 오랫동안 내가 듣고 싶었던 말이다.

물론 나는 안다. 아무리 가족이 나를 아껴주고 배려해도 내 마지막은 결국 내가 정하리라는 것을. 하지만 엄마의 말 속에서 나는 내 마음을 조금은 다르게 바라보게 되었다. 하기 싫으면 하지 않아도 된다는 것을 새롭게 알았다. 내가 안 괜찮다고 말해도 세상이 무너지지 않음을 다시 한번 느꼈다.

엄마에게도 힘든 시간이 있었다. 일자리를 옮겨 다니며 일할 때, 아버지와 헤어졌을 때. 그러면서 엄마는 마음을 접는 법을 배웠다. 그래야 마음이 편해질 수 있다고 했다. 마음을 접는 법. 나는 무엇에 마음을 접어야 할까. 스스로에 대한 기대나 욕심일까, 일에 대한 마음일까.

일어서지 못하는데 걸을 수는 없다. 걷지 못하는데 뛸 수는 더더욱 없다. 나는 지금 서 있기조차 벅찬 상태다. 걷는 것은 엄두조차 나지 않는다. 그런데 나는 그런 내가 뛰기를 바랐다. 오랫동안. 그래서 화가 났던 걸까.

빗소리가 들린다. 오늘은 전국에 비가 온단다.

병원에 다녀왔다. 주치의 선생님에게 물었다.

"어떻게 해야 할지 모르겠어요. 일을 하기가 두려워요.
도망쳐도 괜찮은 걸까요?"

"더 생각해보죠. 이수연 씨는 잘할 수 있을 거예요."

"제가 자신이 없어요, 잘할 자신이요."

"여태까지 잘해왔잖아요. 그 사실을 믿어보세요."

집에 돌아온 나는 고민에 휩싸였다. 일하는 곳에 연락
주기로 한 시간이 다가왔기 때문이다. 더는 미룰 수 없었
다. 고민하다 결국 전화를 걸었다.

전화 걸 때까지만 해도 일을 거절할 생각이었다. 잘할
자신도, 버틸 자신도 없었다. 하지만 일터에선 이렇게 말
했다.

"일단 일을 함께하고 정 힘들면 중간에 그만둬도 괜찮아요. 수연 씨와 함께 일하고 싶어요."

그 말에 고민했다. 내가 잘할 수 있을까. 그 시간을 이겨낼 수 있을까. 침묵 끝에 어렵게 입을 열었다.

"네, 그럼 해볼게요."

거절 못하는 내 성격도 한몫했다. 이렇게까지 배려해주는데 차마 '할 수 없다'고 선 그을 수는 없었다. 결국, 나는 다시 음악으로 돌아왔다. 내가 있고 싶은 곳, 있어야 하는 곳으로.

나는 다시 우울해질 것이고 죽고 싶어 할 것이다. 잠시 잊을 수는 있어도 나아지진 않을 것이다. 우울은 나의 일부와도 같으니까. 하지만 나는 다시 시작하기로 했다. 잊을 수 있는 동안 잊을 수 있도록. 일을 다시 하겠다는 말 한마디에 멈췄던 쳇바퀴가 다시 돌아가는 기분이었다.

그리고 느꼈다. 이렇게 내가 살아 있음은 모두 주변 사람들의 사랑 덕분이라고. 가족이, 친구가, 일이 없었다면 나는 벌써 죽었을 것이다. 죽고 싶지 않은 것도 아니고, 살아 있어서 다행이라고 생각하지도 않지만 노력하기로 했다. 모두를 위해, 살기 위해서.

한창 힘들어했던 일 년 남짓한 시간이 무의미했다고 생각하지 않는다. 그동안 나는 세상과 싸우면서 목숨을 끊으려 하기도 했다. 그러나 동시에 나를 더 사랑하는 법을 배웠다. 힘들다고 말하는 법도, 솔직하게 다가가는 법도 배웠다. 아직도 나를 온전히 사랑하지 못하지만, 용서하지도 못하지만, 이 또한 결국 나의 일부다. 모자람도, 두려움도, 사랑도.

나는 아직 아프고 나약하다. 더 나약해질지도 모른다. 다만 내가 조금 더 자랐다고 생각하는 까닭은 더는 행복에 목매지 않기 때문이다. 희망은 없지만, 그만큼 죽음으로부터도 자유로워졌다. 있는 그대로의 나를 받아들이면서 조금이나마 마음의 평온을 찾기도 했다.

지금도 일은 두렵다. 하지만 나를 믿기보다 나를 믿어주는 이들을 믿고 싶다. 그리고 무너질 때 무너지더라도 온힘을 다할 것이다.

한강 작가의 소설 『흰』에 나온 무너졌기에 새것인 사람. 나는 그 사람이 되려 한다. 늙은 석벽과 새것이 연결된 이상한 무늬를 가진 사람이.

나는 오늘, 죽음 속에서 살아가기로 했다.

To. 주치의 선생님께

당연히 올해를 넘기지 못하고 떠날 거라 생각했는데, 벌써 한 해의 마지막 계절이 오고 있네요. 저는 가끔 제가 살아있다는 게 너무나 신기해요. 어떻게 하루를 지내는지도 모르게 시간이 흐르기도 했어요. 무엇보다도 글을 쓰기 시작하면서 많은 게 달라지기 시작한 것 같아요. 일기장에도 적었지만 터널 끝에 빛이 올 거라는 말, 그 말 덕분에 지금까지 버틸 수 있었어요.

물론 지금이 빛은 아니라고 생각해요. 이렇게 지내다가 저는 힘없이 떠날지도 몰라요. 하지만 제게 더 주어졌던 시간은 가치 있었다고 생각하고 싶어요. 그리고 그 사실을 알 수 있게 곁에서 저를 보호해주셔서 감사해요.

저는 앞으로 더 흔들리거나 망가질 수도 있어요. 다만 주어진 일은 최선을 다해 마무리하고 싶은 마음이에요. 시간이 지나면 변한다는 말, 지금도 그 말을 모두 믿지는 않지만, 주치의 선생님을 처음 만났던 순간을 떠올리면 많은 게 변했다는 걸 느껴요. 그건 무시해선 안 되는 일이겠죠. 어쩌면 조금 더 자랐다는 말이 맞을지도 모르겠네요.

어쨌든 지금 저는 새로운 시작과 끝 사이에 있는 기분이에요. 시작이 될지, 끝이 될지는 조금 더 지켜봐야 알 수 있겠지만요. 앞으로 제가 주치의 선생님을 더 힘들게 할지도 모르지만, 앞으로도 제게 좋은 의사, 좋은 사람, 좋은 관계로 남아주시길 부탁드려요.

항상 감사합니다.

From. 수연

To. 이수연 씨에게

살다 보니 별일도 다 있습니다. 저는 일간지나 잡지에 한 토막
짜리 글을 써 본 것 말고는 이러한 의뢰를 받은 경험이 없습니다.
이 직업을 갖기 위해 수련을 받을 때 저와 동료 의사들이 정리한
대화록 말고는, 이렇게 내담자께서 정리한 글을 읽어보기도 처
음입니다.

어찌 됐든 지금의 저는 뿌듯하고 영광스럽습니다.

막상 읽어보니 온통 자아비판할 대목투성이인데 그것들을 모
두 껴안고 답글을 쓰는 건 낯 뜨거운 일입니다. 과거의 나를 인정
하고 통합하는 일에 비유하고 싶습니다.

벌써 삼 년이 지났군요. 삼 년간의 변화라 하기에 흡족하지 않
으면 어쩌나 하는 걱정이 앞섭니다. 처음에는 여느 분들처럼 적
당히 하다 보면 치료에 잘 적응하고 회복할 거라 생각했습니다.

진취적이라고 해야 할지, 부족한 경험에서 나오는 무모함이라 해야 할지. 아니면 근본은 보지 못한 채 눈앞의 증상만 좋아지길 기대했던지.

전혀 통제되지 않았던 순간들. 물론 당시에는 이수연 씨가 무척이나 무력해진 상태다 보니 그랬겠지만, 보통의 어떤 어른이 보기에도 일상을 많이 벗어난 생각과 행동을 하게 되었던 지점들이 생각납니다. 그때는 어쩌면 저 또한 무력하고 능력 없는 치료자라 느꼈던 것 같습니다. 약을 추가하고, 새로운 치료법을 제시하면서 집중하지 못한 채 전전긍긍하던 보통 이하의 치료자.

이수연 씨와 나눴던 이야기들을 돌이켜 보면, 이수연 씨는 바닥을 칠 정도로 우울한데 한 번도 우는 모습을 보여준 적이 없습니다. 어떤 힘든 상황에 부닥치든 자신의 잘못으로 귀결시켜야 하는 마음, 이수연 씨 내면의 울지 못하는 아이, 말 못 하는 아이, 잠든 척해야만 했던 아이 때문이겠지요. 제 책상에는 항상 크리넥스가 올려져 있었습니다.

제 소망이 투영된 것일 수도 있겠지만, 이전에 비해 많이 회복하셨습니다. 지금보다 더 많이 아팠을 때의 이수연 씨를 떠올려 보면 책을 쓰는 일은 상상하기도 어렵죠. 요즘 이수연 씨는 자신의 고유한 이야기를 하고 있고, 어떤 상황이든 더 입체적으로 바라보고 있습니다. 저와의 관계가 천천히 변하는 것을 보면 주변 사람들과의 소통도 어떠한지 알 수 있을 것 같습니다.

　그런데 말입니다. 저 또한 변화하였습니다. 처음 입원하셨을 때만 하더라도 저는 이수연 씨를 가르치려 들고, 맞서면서 논리의 비약을 찾아내고, 심리 구조에 생긴 빈틈을 채우려 했습니다. 시간이 제법 흐른 뒤에야 마치 모자이크 같은 이수연 씨의 마음을 볼 수 있었죠. 이수연 씨의 자기 파괴적인 부분, 위협적으로 느껴지는 부분들이 모두 자신을 보호하려는 노력에서 생겨났다는 점을 알 수 있었습니다. 어쩌면 제가 조금 더 자랐다는 말이 맞을지도 모르겠네요.

　일기를 읽다 보니 지금의 변화도 제가 무엇인가를 하거나 가르쳐서라기보다는 '그 순간 같이 있었음'에 의한 것이라는 생각이 듭니다. '같이'라는 의미 또한 이제는 주거니 받거니 오래 알던 사이 같아진 부분도 있고요. '같이' 오래 주기적으로 만나다 보니 오랜 친구같이 느껴지는 부분도 있고요.

　일기는 이수연 씨의 변화를 기록해주는 장치이자 저와의 소통을 위한 통로라 느껴집니다. 장난감 곰 같은 의미도 있지만, 현실이지요. 어쩌면 저도 일주일에 두 번은 이수연 씨의 일기장이 되고 있나 봅니다.

앞에서 비유했듯이 이수연 씨한테는 지난 삼 년이라는 치료 기간이 하나의 여행이었는지도 모르겠습니다. 출발할 때를 떠올려보면 꽤 괜찮지 않나요?

계속 함께하시지요.

마지막으로 이수연 씨가 살아온 과정이 순탄치 않았고, 그리 친절하지 않았던 사람들도 많았기에 저는 이수연 씨가 원하는 좋은 사람이고 싶었나 봅니다. 제가 마음 아프게 해드린 부분에 대해서는 용서해주시길 부탁합니다.

From. 주치의 선생님

조금 우울하지만,
보통 사람입니다

초판 1쇄 발행 2018년 11월 13일
초판 2쇄 발행 2018년 12월 7일

지은이 이수연
펴낸이 김선식

경영총괄 김은영
책임편집 이호빈 **디자인** 김누 **책임마케터** 이유진
콘텐츠개발5팀장 이호빈 **콘텐츠개발5팀** 봉선미, 양예주, 김누
마케팅본부 이주화, 정명찬, 최혜령, 이고은, 이유진, 양서연, 허윤선, 김은지, 박태준, 배시영, 기명리
전략기획팀 김상윤
저작권팀 최하나, 추숙영
경영관리본부 허대우, 임해랑, 윤이경, 김민아, 권송이, 김재경, 최완규, 이우철, 손영은, 김지영
외주스태프 표지 일러스트 molee

펴낸곳 다산북스 **출판등록** 2005년 12월 23일 제313-2005-00277호
주소 경기도 파주시 회동길 357 3층
전화 02-702-1724(기획편집) 02-6217-1726(마케팅) 02-704-1724(경영관리)
팩스 02-703-2219 **이메일** dasanbooks@dasanbooks.com
홈페이지 www.dasanbooks.com **블로그** blog.naver.com/dasan_books
종이 (주)한솔피앤에스 **출력 · 인쇄** 민언프린텍

ISBN 979-11-306-1980-4 (03810)

다산북스(DASANBOOKS)는 독자 여러분의 책에 관한 아이디어와 원고 투고를 기쁜 마음으로 기다리고 있습니다.
책 출간을 원하는 아이디어가 있으신 분은 이메일 dasanbooks@dasanbooks.com 또는 다산북스 홈페이지 '투고원
고'란으로 간단한 개요와 취지, 연락처 등을 보내주세요. 머뭇거리지 말고 문을 두드리세요.

늘 함께해주는 가족과 친구들에게,
누구보다 저를 알고 노력해주시는
주치의 선생님에게 감사한 마음을 전합니다.
모두 너무 아프지 않고 외롭지 않았으면 좋겠습니다.